奥さん、蕩《とろ》けてますけど…

葉月奏太

マドンナメイト+

奥さん、蕩《とろ》けてますけど…

第一章　淋しい大家さん

1

　目覚まし時計が鳴る前に、ふと目が覚めた。

　頬に触れる空気がやけに冷たい。毛布と布団をしっかりかぶっているが、とてもではないが寒くて寝ていられなかった。

　大下二郎《おおしたじろう》がはじめて迎える北海道の冬だ。

　十一月に入り、気温が徐々にさがっていた。まだまだ寒くなると覚悟はしていたが、今朝はいちだんと冷えこんでいる。もう眠れそうにないので、布団から出て石油ストーブをつけた。

「寒っ……」

ストーブの前にしゃがみこんで、反射板が赤くなっていくのを見ながら両手をかざす。灯油の微かな臭いを嗅ぎつつ、手のひらが暖かくなっていくのを感じていた。

二郎は二十歳の大学生だ。

しかし、二浪しているので、まだ一年生だ。生まれも育ちも東京で、なんとか滑りどめの大学に合格したことで北海道にやってきた。

念願の大学生になったが、二浪しているため同級生はほとんどが年下だ。そのせいもあるのか、今ひとつ周囲となじめていなかった。

大学は新千歳空港から電車を乗り継いで一時間半ほどの田舎町にある。

都会の喧噪とは無縁の町で、ネオンなどはいっさいなく、コンビニもわずかに一軒だけだ。

その代わり近くには北海道らしい牧草地がひろがっており、乳牛がたくさん放牧されている。最初のころは物珍しくて、牛が草をのんびり食む姿をよく眺めていた。東京ではまず見かけない光景だが、すぐになれるから不思議なものだ。今ではすっかり日常に溶けこんでいた。

大学から徒歩十分ほどの場所にあるアパートに住んでいる。

とにかく家賃が安い物件を探した。なにしろ二浪もしているので、これ以上、親に迷惑をかけられない。すぐにアルバイトをして、仕送りは最小限に抑えるつもりでいた。

風呂なし共同トイレの格安物件でよいと思っていたが、北海道のアパートは東京よりも広くて家賃も安い。しかも、風呂とトイレがいっしょになったユニットバスではなく、別々になっているタイプばかりだ。贅沢な気がしたが、北海道ではそれが当たり前らしい。

そのなかでも安いところを探して、この「真白荘《ましろ》」に入居した。結局、このあたりでは標準的な十畳ワンルームになった。

真白荘は二階建て全六戸の学生向けの物件だ。一階の中央と右端の部屋はつながっており、そこには大家さん夫婦が住んでいる。そのため、実際に貸しているのは四部屋だけだ。

不動産屋の担当者によると、真白荘はこのあたりではもっとも古い物件だという。ところが、正確な築年数はわからないらしい。

数年前、手書きだった物件の資料を、すべてパソコンに打ちこんでデータ化したという。その際に入力ミスがあったのか、そもそも手書きの資料に記載漏れがあったのかもしれない。そういうわけで築年数はわからないが、かなり古いことだけは確かだ。

（築年数なんて、大家さんに確認すればいいのに……）

当初はそう思っていた。

しかし、あとになって大家さんが極度の人嫌いだと知り、確認するのがむずかしい理由がわかった。

とにかく、二郎にとって大切なのは築年数ではなく家賃だ。相場より五千円も安いのはありがたい。実際に物件を見ていないのに、家賃を聞いた段階で入居を即決した。

手のひらが充分に温まった。

大学に行く準備をするため立ちあがる。ストーブの前を離れるとすぐに寒くなるので、急いで顔を洗って着がえをすませた。

やかんを火にかけて、熱いコーヒーを入れる。体を内側から温めると、バッグを手にして外に出た。

とたんに強烈な冷気が襲いかかる。頬を撫でる風は刺すように冷たく、つい肩をすくめて全身の筋肉に力が入ってしまう。吐く息が白くて、呼吸をするたびに体温がさがっていく気がする。

（これは寒い……）

まだ十一月だというのに、すでに東京の真冬並みの気温だ。

空には灰色の雲が垂れこめており、太陽がどこにあるのかわからない。あたりが薄暗いせいか、なおさら寒く感じる。ダウンジャケットのファスナーを上まで引きあげると、急いで外階段をおりていく。

「あっ……」

道路に出たところで、思わず立ちどまった。

三佐川美雪《みさがわみゆき》が竹箒を手にして、掃き掃除をしていた。美雪は真白荘の大家兼管理人だ。焦げ茶のフレアスカートを穿き、上半身は白いブラウスだけでなにも羽織っていなかった。

この寒さだが、動いているから大丈夫なのだろうか。なに食わぬ顔で、落ち葉をかき集めていた。

（きれいだな……）

つい心のなかでつぶやき、ぼんやり見惚れてしまう。

染みひとつない肌は眩いほど白くて、黒髪のロングヘアは艶々している。息を呑むほど美しいが、どこか伏し目がちで物静かな女性だ。なにより、日本人離れした青みがかった瞳に、どうしようもなく惹きつけられた。

不動産屋の担当者によると、美雪は三十二歳だという。

しかし、資料は入力ミスの可能性があるので、どこまで信用できるのか怪しいものだ。美雪の夫は商社に勤務しているらしいが、一度も見たことがない。それどころか、気配すら感じたことがなかった。

（いや、でも……）

考えてみれば、美雪を外で見るのもこれがはじめてだ。

入居するときに挨拶をしたが、ふだん会うことはまずなかった。美雪の顔を見るのは、月に一度、家賃を納めに行くときだけだ。しかし、そのときも世間話などはいっさいなかった。

人づき合いが苦手なのかもしれない。築年数確認の件も、これで少しは納得がいく。

夫婦はだんだん似てくると聞いたことがある。旦那も人づき合いが苦手で、あえて入居者と接しないようにしているのではないか。そういうことなら、旦那を見かけないのもわかる。

二郎の視線に気づいたのか、美雪が顔をゆっくりあげた。肌が染みひとつなくて白いため、唇の紅色が際立っている。はっとするほど鮮やかで、いけないと思っても、ついつい凝視してしまう。視線が重なると、美雪は微かに首をかしげた。

まるで二郎の内心を見透かすように、まっすぐ見つめている。深閑とした森にある幻想的な湖を思わせる青い瞳だ。美雪はしばらく黙っていたが、やがて唇の端に微かな笑みを浮かべた。

「おはようございます」

透きとおる声が冷たい空気を振動させる。

高価な楽器のような響きが、耳に心地よい。人嫌いで取っつきにくいと思っていたが、たった今、声を聞いた瞬間に印象が一変した。

「お、おはようございます……」

二郎はかろうじて言葉を返す。

こうしている間も見つめられており、今にも彼女の瞳に吸いこまれそうになっている。整った顔立ちと不思議な光を放つ瞳から、どうしても目をそらせなくなっていた。

「いよいよ冬ですね」

美雪は独りごとのようにつぶやき、灰色の空を見あげる。

これまで雑談を交わしたことは一度もない。どういう心境の変化だろうか。今朝の美雪はなにかが違っていた。

そのとき、ふと白いものが目に入った。

「あれ？」

二郎も空を見あげる。

雪だ。風が吹けば飛ばされそうな儚さで、雪がふわふわと舞っていた。

思わず手を差し出す。手のひらに舞い降りた雪は、魔法のようにすっと溶けてなくなった。東京で降る湿り気を帯びた雪とは違う。まるでタンポポの綿毛のように、軽くて繊細な感じがした。

「初雪ですね」

またしても美雪がつぶやく。

視線を向ければ、柔らかな微笑を浮かべていた。心なしか瞳がキラキラ輝いている気がした。

「ご存じですか。初雪が降ったとき、いっしょにいる男女は結ばれるそうです」

美雪の言葉にドキリとする。

(それって……)

二郎はとまどって視線を泳がせた。

今まさに初雪が降るなか、二郎と美雪はいっしょにいるのだ。いったい、どういうつもりで言ったのだろうか。

「夫と初雪を見たのは、いつだったかしら。もう、ずいぶん昔のことだったような気がします」

美雪の唇から夫との馴れ初めが紡がれる。

おそらく、結婚する前にふたりで初雪を見たのだろう。ふと、そのことを思い出したらしい。

(なんだ、そういうことか……)

がっかりしている自分に気づいて羞恥がこみあげる。

どう考えても、美雪となにか起きるわけがない。なにしろ、ろくに話したこともないのだ。ましてや彼女は人妻だ。自分のように平凡な大学生を相手にするはずがなかった。

（バカだな、俺……）

勘違いにもほどがある。

二郎はこれまで女性と交際した経験が一度もない。恋愛に疎くて、女心など微塵もわからない。もちろん、いまだに童貞だ。それなのに、いきなり人妻と結ばれたりするはずがなかった。

ひとりで勝手に落ちこむ二郎とは裏腹に、美雪は光り輝く瞳で舞い落ちる雪を追っている。横顔がまるでヴィーナスのように美しい。いつになく表情が明るく感じるのは気のせいだろうか。

「雪はすべてを覆い隠してくれます。雪に包まれた町はきれいですよ」

今朝の美雪はやけに饒舌だ。

これまで、こんなにしゃべる姿を見たことがない。家賃を払いに行っても、目すら合わせることはなかった。そんな美雪がやさしげに微笑み、二郎の目をまっすぐ見つめるのだ。

「き、きれいです」

無意識のうちにつぶやいた。

美雪が不思議そうに首をかしげる。その顔を見て、はっと我に返った。彼女は雪の美しさを語っていたのに、まったく違うことを口走っていた。美雪の美貌に見惚れて、つい心の声が漏れてしまった。

「い、いえ、雪です……ゆ、雪のことですよ」

慌ててごまかそうとするが、顔が熱くなってしまう。鏡を見なくても赤面しているのがわかり、ますます羞恥が大きくなる。

「お、俺、雪が好きなんです」

「二郎くんは東京の方ですよね。あちらはそれほど雪が降らないのではないですか？」

美雪がやんわりと指摘する。唐突に「二郎くん」と呼ばれてますます動揺しながら、懸命に言いわけを考えた。

「と、東京も年に一度くらいは……で、でも、北海道の雪のほうが、きれいな気がします」

言葉を重ねるほど、二郎の頬はひきつってしまう。耳まで熱くなり、この場から逃げ出したくなった。

「そうなんですね」

うろたえる二郎を見て、美雪は「ふふっ」と笑う。その笑顔がなおさら魅力的に映り、胸の鼓動が高鳴った。

（ああっ、やっぱり……）

どんどん惹きこまれてしまう。

かつて、これほどきれいな女性に会ったことはない。ほんの少し言葉を交わしただけなのに、どういうわけか心が震えるほど魅了されている。人妻だとわかっているが、美雪と仲よくなりたいと思ってしまう。

「これから、もっと寒くなります」

「もっと、ですか……」

わかっていたことだが、あらためて言われると不安になる。

東京生まれの二郎にとって、はじめて迎える雪国の冬だ。どれほど過酷なのか心配でならなかった。

「今朝はまだプラスの気温ですけど、真冬だと最高気温も零下になります」

美雪は恐ろしいことをさらりと口にした。

それはつまり、一日中どころか、春になるまで冷凍庫のなかで過ごすようなものだ。話には聞いていたが、実感はなかった。いよいよ、そのときが現実になろうとしているのだ。

零下のなかで暮らすことなど、はたして可能なのだろうか。もちろん建物に入れば暖かい。しかし、一歩でも外に出ると零下の世界だ。

（俺、大丈夫かな……）

不安がますます大きくなる。

こんな寒い場所に人が住んでいることが信じられない。今すぐ東京に帰りたくなってきた。

「冬も悪くないですよ」

「大家さんは、寒さになれているから……」

「寒いだけではないです。わたし、冬の北海道が大好きなんです」

美雪がまるで歌うようにささやいた。

厳しい冬でも好きだという。そんな美雪の楽しげな声が、ふくれあがった不安を瞬く間に溶かしていく。舞い落ちる雪を見つめる彼女の青い瞳は、キラキラと輝いていた。

考えてみれば、北海道の人なら寒さになれているはずだ。ただ震えているだけではなく、冬の過ごしかたを知っているに違いない。もしかしたら、雪国には雪国の楽しみがあるのだろうか。

（そういえば……）

ふと思い出す。

大学の同級生たちがスノーボードの話をしていた。美雪にアウトドアのイメージはないが、意外とスキーやスノーボードなどのウインタースポーツを楽しむのかもしれない。

北海道の学校では、体育の授業でスキーやアイススケートがあるという。だから、スポーツとは無縁に見えても、ある程度はできるのではないか。

（美雪さんがいっしょなら、俺も……）

心のなかで「美雪さん」と呼びかける。たったそれだけで、胸の奥がキュンッと締めつけられた。

二郎は基本的に運動が苦手でスキーの経験もない。だが、みんな普通にやっていることだ。美雪の隣でいっしょに滑るという目標があれば、なんとか上達するかもしれない。

誘われたわけでもないのに、ふたり並んでゲレンデを颯爽《さっそう》と滑り降りる姿を思い浮かべる。

（きっと、楽しいだろうな）

転びそうになった美雪に手を差し伸べて助ければ、きっといい雰囲気になるはずだ。

——二郎くん、ありがとう。

そんなことを言って、頬にキスをしてくれるのではないか。

（いやいや、そんなはず……）

心のなかで否定するが、期待がどんどんふくれあがる。

人生なにが起きるかわからない。この冬は思いきってスキーに挑戦するのもアリだと思う。妄想が加速したことで、自分でも気づかないうちに頬の筋肉が緩んでいた。

「どうかしましたか？」

美雪に声をかけられて、はっと我に返る。本人を目の前にしながら、つい妄想に耽ってしまった。

「い、いえ、別に……」

「顔が赤いですよ」

指摘されて、慌てて顔をそむけた。

「そ、そろそろ行かないと……」

動揺をごまかそうとしてつぶやく。

早めに部屋を出たので、本当は急ぐ必要などない。しかし、これ以上、美雪の前にいると、胸の鼓動に気づかれそうだ。本気で心配になるほど、心臓がバクバクと大きな音を立てていた。

「引き留めてしまってごめんなさい」

美雪が穏やかな声で謝罪する。しなやかな仕草で頭をさげると、再び二郎の目をじっと見つめた。

「ま、間に合うので問題ないです」

「雪が積もると滑りますから、足もとには気をつけてくださいね」

美雪が雪道の歩き方をレクチャーしてくれる。

普通に歩くと、人は無意識のうちにつま先で地面を蹴るらしい。だが、それをやると滑ってしまう。足首を返さないように意識して、足の裏と地面が常に平行になるように歩くのが滑らないコツだという。

「なれるまで、お気をつけください」

「はい。では、行ってきます」

あれほど寒かったのに、今は顔が熱く火照っている。それを美雪に指摘される前に離れたくて、急いで歩きはじめた。

「いってらっしゃい」

背中に美雪の声が聞こえる。

誰かに見送りされるのなど久しぶりだ。チラリと振り返れば、美雪が右手を小さく振っていた。二郎はスキップしたい気持ちを懸命に抑えると、小雪が舞うなか、早足で大学へと向かった。

2

大学の講義が終わると、二郎はすぐ帰路についた。

道路には雪がうっすら積もっている。今のところ雪はやんでいるが、またいつ降り出すかわからない。今日はアルバイトが休みだが、寄り道をせずにまっすぐ帰ったほうがいいだろう。

すでに日が落ちて薄暗くなっている。さらに気温がさがり、朝よりもいちだんと冷えこんでいた。

（ううっ、寒っ……）

積もった雪は少ないが、それでもときどき滑る。美雪に教えられたとおり、地面を蹴らないように意識しながら、ゆっくり歩いた。

それにしても寒い。地面が滑らなければ、早歩きをして体を温めているところだ。しかし、それができない以上は我慢するしかない。背中をまるめながら、牧草地の横の田舎道を歩きつづける。わずか十分ほどの道のりだが、アパートが見えたときは体がすっかり冷えきっていた。

とにかく、早く部屋に入って暖を取りたい。外階段を一気に駆けあがろうとして右足を乗せたとき、唐突に大家宅のドアが開いた。

「お帰りなさい」

顔をのぞかせたのは美雪だ。

「ど、どうも……」

ドキッとして立ちどまり、頭をペコリとさげる。突然のことに驚き、まともに返事ができなかった。

どうして二郎が帰ってきたとわかったのだろうか。それとも、たまたま出かけるところだったのだろうか。とにかく、待ち受けていたようなタイミングでドアが開いた。

「お疲れさまです。寒かったでしょう」

「は、はい……なれていないので……」

かろうじて言葉を返すと、美雪は目を細めてうなずく。そして、ドアを大きく開いた。

「じゃあ温まっていきませんか?」

「でも……」

唐突に誘われて、とまどいを隠せない。

月に一度、家賃を払うときは玄関先なので、これまで部屋にあがったことはなかった。

「ご自分の部屋は冷えきっていますよ。さあ、どうぞ」

美雪の口調は穏やかだが、なぜか執拗に誘いつづける。

北海道の冬の厳しさを知っているからこそ、はじめて体験する二郎を気遣っているのかもしれない。

(でも、旦那さんが……)

美雪が既婚者だと思うと、なおさら躊躇する。

今、旦那が在宅しているのなら、気まずいだけで済む。しかし、あとから旦那が帰宅した場合を想像すると、ヘンな誤解をされるのではないか。もちろん、なにも起きるはずがない。起きるはずがないからこそ、少しでも誤解などされるのは避けたかった。

「遠慮しないでください」

美雪はそう言ってくれるが、二郎はためらってしまう。

「夫なら帰ってこないから大丈夫ですよ」

まるで内心を見透かしたような言葉にビクッとする。二郎がいつまでも迷っているので、なんとなく察したのかもしれない。

旦那の帰宅はいつも遅いのか、それとも出張中だろうか。とにかく、そこまで言われたら断るのは違う気がする。それに、美雪の部屋を見てみたいという気持ちも湧きあがっていた。

「じゃ、じゃあ、お言葉に甘えて……」

二郎は頭をペコリとさげて玄関に歩み寄った。

「さあ、どうぞ」

「お邪魔します」

美雪につづいて部屋にあがった。

通常の部屋がふたつ分なので、リビングは広々としている。毛足の長い白い絨毯が敷いてあり、中央にガラステーブルが置いてある。三人がけのソファは白い革製で、カーテンも白かった。

全体的に白いものが多いせいか、なんとなく寒々しく感じる。そのとき、吐く息が白いことに気がついた。この部屋は実際に気温が低いようだ。暖房をつけていないのだろうか。

不思議に思って美雪を見る。フレアスカートに白いブラウスという服装だ。二郎はダウンジャケットを着ていても寒いのに、美雪は平然としている。やはり北海道の人は寒さになれているのだろうか。

（いや、それにしても……）

この気温の低さは普通ではない。

なにしろ、息が白くなるほど寒いのだ。もしかしたら、美雪もちょうど外出先から戻ったところなのかもしれない。玄関のドアを閉めた直後、二郎が外階段をあがろうとする音が聞こえたのではないか。それなら、あのタイミングでドアを開けたのも納得がいく。

「どうぞ、おかけください」

美雪がソファを勧めてくれる。

「し、失礼します……」

緊張しながら腰かけると、美雪はキッチンに向かった。

お茶でも入れてくれるのだろうか。残された二郎は手持ち無沙汰で、室内をキョロキョロと見まわした。ソファのうしろにダイニングテーブルがあり、その向こうは対面キッチンだ。

リビングの奥にドアがある。夫婦の寝室かもしれない。ベッドに横たわる美雪の姿を想像すると、それだけで胸の鼓動が高鳴った。

「お腹、空いてますよね」

ふいに声をかけられる。はっとして視線を向けると、対面キッチンごしに美雪と目が合った。

「はい……あっ、い、いえ、お構いなく」

とっさに返事をした直後、慌てて言い直す。

食事を出してくれるつもりらしい。さすがに図々しいと思うが、美雪は早くも準備をはじめていた。

「簡単なものですけど、よろしければ食べていってください」

「いや、でも……」

「夫が帰ってこないから淋しいんです。お願いします」

美雪の声が消え入りそうなほど小さくなる。

どうやら、なにか事情があるようだ。旦那を見かけないのは、単なる偶然ではないのかもしれない。

(帰ってこないってことは……)

つい勘ぐってしまう。

もしかしたら、愛人を作って出ていったのではないか。いや、単身赴任という可能性もある。とにかく、いつからかは知らないが、旦那はしばらく帰宅していないらしい。

「二郎くん……」

美雪が縋《すが》るような瞳を向ける。

きれいな人妻に懇願されて、断れるはずがない。二郎は押しきられる形で、曖昧にうなずくしかなかった。

「お待たせしました」

しばらくすると、美雪がトレーを手にして戻ってきた。

絨毯にひざまずき、ゆったりとした仕草で料理の載った皿をガラステーブルに並べていく。鰻の蒲焼きに肝吸い、それに漬物とほかほかの湯気を立てている白いご飯だ。

「す、すごい……」

二郎は思わず目を見開いた。

これが簡単なものなら、二郎がふだん食べているものは、もはや料理とは呼べない。そもそも二郎は包丁を使うことがほとんどない。丼飯に目玉焼きを載せたり、納豆にサバ缶を合わせるのがせいぜいだ。腹が満たせればそれでいいと思っていた。

「鰻は精がつきますすよ」

美雪はそう言って、唇の端に微笑を浮かべる。

とくに深い意味はないと思う。だが、美雪が言うと妙に色っぽく聞こえてしまう。そもそも、どうして鰻なのだろうか。美雪か旦那の好物で、ふだんからストックしてあるのかもしれない。

「温かいうちに召しあがってください」

美雪が隣に腰かけて勧める。うながすように横顔を見つめられて、無言の圧力がかかった。

「い、いただきます」

二郎は箸に手を伸ばしかけて、はっと動きをとめた。

「大家さんのぶんは……」

「お気になさらずに。わたしはお腹が空いていませんから」

美雪は目を見て小さくうなずく。

自分は食べないのに、二郎のためだけに食事を作ってくれたのだ。申しわけない気持ちとうれしさが同時に湧きあがった。

「なんか、すみません……ありがとうございます」

感謝しながら箸を手に取ると、さっそく鰻の蒲焼きを口に運んだ。

「う、うまいっ」

甘いタレの味と鰻の旨み、それに山椒のピリッとした感じが口いっぱいにひろがった。思わず唸り、ご飯を一気にかきこんだ。

「じつは冷凍食品なんです。でも、鰻のタレは自家製です」

「手作りのタレですか。どうりでうまいはずです」

二郎は納得して大きくうなずいた。

自家製のタレはもちろん、肝吸いの出汁《だし》加減も抜群だ。手料理を食べるのが久しぶりなのもあるが、それだけではない。美雪の心遣いに感激した。

夢中になって食べる二郎のことを、美雪は隣からやさしげな眼差しで見つめている。視線を感じると照れくさい。二郎はあえて隣を見ることなく料理だけに集中して、黙々と食べつづけた。

「ごちそうさまでした。おいしかったです」

あっという間に食べ終えて箸を置く。温かいものを腹に入れたことで、体温が少しあがった気がした。

「お粗末さまです」

美雪が丁寧に頭をさげる。

所作のひとつひとつが洗練されており、思わず見惚れてしまう。すると、美雪はすっと立ちあがって食器をさげる。そして、すぐにグラスをふたつ手にして戻ってきた。

「飲めますよね」

美雪は当然のように言って、グラスをテーブルに置く。すでに透明な液体がなみなみと注がれていた。

「あの……」

「日本酒です。徳利がなくて、熱燗《あつかん》にできないんです。わたし、熱いものが苦手で……ごめんなさい」

美雪は申しわけなさそうにつぶやいて、二郎の目を見つめる。

グラスの中身は冷酒だという。ときどき大学の友人と飲むことはあるが、酒はあまり強くない。なかでも日本酒は苦手だった。しかも、この寒いのに冷酒というのがきつかった。

「乾杯しませんか?」

美雪はグラスを手に取って見つめる。

まったく気は進まないが、断れる雰囲気ではない。二郎も仕方なくグラスに手を伸ばした。

「乾杯」

「か、乾杯……いただきます」

こうなったら、グラスに口をつけないわけにはいかない。冷酒をほんの少しだけ喉に流しこんだ。

(おっ、これは……)

直後に心のなかでつぶやいた。

思いのほか爽やかな香りが鼻に抜けていく。それと同時にフルーティーな味が口いっぱいにひろがった。すっきりしていながら甘味もある。はじめて日本酒をうまいと感じた。

「すごくおいしいです」

「ふふっ……よかったです」

美雪も冷酒を口にして、口もとに微笑を浮かべる。かと思えば、急に黙りこんで視線を落とした。

「ずっと、ひとりだから……」

そう言ったきり、美雪は黙りこんでしまう。

いったい、どういう意味だろうか。旦那を一度も見かけないのは、やはり特別な事情があるのかもしれない。

美雪は睫毛を静かに伏せている。

重苦しい沈黙が流れて、なんとなく気まずい感じになっていた。なにか言わなければと思うが、なにも頭に浮かばない。二郎は無言に耐えきれなくなり、日本酒をちびちび飲んだ。

「今夜は二郎くんがいてくれるから、気が紛れます」

沈黙を破ったのは美雪だった。

無理に笑みを浮かべているのが痛々しい。瞳には涙がうっすら滲んでいる。なにかあったのは間違いなかった。

「旦那さんは、今どこに……」

酔いにまかせて尋ねる。ふだんなら決して踏みこまないが、酒が口を軽くしていた。

「山に行ったきり、戻らないんです。もう、何年も前の話です」

美雪がぽつりとつぶやき、再び黙りこんだ。

山菜採りにでも行ったのだろうか。このあたりの山は、ギョウジャニンニクが豊富に採れると聞いている。山菜を求める人は多いが、毎年、事故が絶えないという。

夢中になっているうちに山奥まで入り、道に迷ってしまうらしい。それだけではなく、ヒグマに襲われることもめずらしくない。その場合、遺体が見つからないこともあるようだ。

気にはなるが、これ以上は聞ける雰囲気ではない。美雪の口ぶりからして、行方不明になっているようだ。

（ということは、まさか……）

いやな予感が胸にこみあげる。

道に迷って亡くなったとしたら、いずれ遺体が発見される。だが、行方不明のままということは、ヒグマに遭遇したのではないか。

「なんか……すみません」

小声で謝罪して頭をさげる。酒の勢いとはいえ、悪いことを尋ねてしまったと後悔した。

「お気になさらないでください。覚悟はできていますから……」

その言葉がなおさら重くのしかかる。

いたたまれなくなり、二郎はグラスの冷酒をグッと飲みほした。ペースが早くなっていることに気づいたときには、頭がクラクラしていた。これ以上は飲まないほうがいいだろう。

ところが、二郎の空になったグラスを見て、美雪が無言で立ちあがる。冷蔵庫から日本酒の四合瓶を持ってくると、頼んでもいないのにグラスになみなみと注いだ。

「お酒、強いんですね」

そう言われると、飲まないといけない気がしてしまう。二郎はグラスを手にして、ひと口だけ冷酒を飲んだ。

「あの……どうして、俺にご馳走してくれたんですか？」

この際なので、最初から気になっていたことを思いきって尋ねる。

旦那が戻らなくて淋しいのはわかる。だが、このアパートには自分よりずっと男前の学生がいる。気を紛らわせるだけにしても、どうせならイケメンのほうが楽しいのではないか。

「どことなく目もとが似ているの。あの人に……」

美雪はそう言って、淋しげな笑みを浮かべる。

これまでも家賃を払うときに何度か会っているが、美雪はまともに二郎の顔を見ていなかったのだろう。今日、はじめて目もとが旦那に似ていると感じたのかもしれない。

「正義感の強い人でした。だから、あの人に惹かれたんです」

美雪は懐かしそうに遠くを見やった。

その瞬間、二郎の胸はせつなく締めつけられる。会ったこともないのに、旦那に嫉妬していた。

「二郎くんは好きになった人を守れますか?」

急に問いかけられて返答に窮してしまう。

恋愛経験のない二郎には、むずかしい質問だ。しかし、美雪は答えを求めるように、まっすぐ見つめていた。

(ああっ、俺はまた……)

見つめ合うことで、心が激しく揺さぶられる。

もう目をそらすことができない。美雪は人妻だ。頭ではいけないとわかっているが、惹かれる気持ちは抑えられなかった。

そのとき、美雪の大きくふくらんだ胸が視界に入る。白いブラウスが張りつめており、ブラジャーのラインがうっすら透けていた。

(み、見ちゃダメだ……)

二郎は懸命に視線をそらすと、慌てて冷酒を喉に流しこんだ。

その直後、視界がグルリと反転する。完全に酔いがまわったらしい。激しい目《め》眩《まい》を覚えて、ソファの背もたれに体を預けた。

「なんか、ちょっと……」

気分が悪くなったらまずいと思ったが、今のところ吐き気などはない。ただ瞼が急激に重たくなっていた。

「二郎くん？」

美雪の声が遠くに聞こえる。なにか答えなければと思うが、頭がまわらなくなっていた。

「大丈夫ですか？」

「ううっ……」

口を開くが、意味のある言葉を発することができない。

美雪が顔をのぞきこんでいる。距離が近い。こんな状況だというのに、頬の白さと肌のきめ細かさがはっきりわかる。青く澄んだ瞳を見つめ返すが、睡魔が押し寄せて視界がぼやけはじめた。

「も、もう……」

「少し休みましょうか」

美雪のやさしげな声が聞こえる。

申しわけないと思いつつ、安心感が胸にひろがっていく。瞼が鉛のように重くなっており、耐えきれずに目を閉じる。すると、そのまま意識が暗闇に引きずりこまれていった。

3

「うっ……」

股間に甘い感覚がひろがっている。

夢か現実かわからない。手足に石をつめこんだように重く感じる。頭がクラクラして、意識がぼんやりしていた。

しかし、股間にひろがる感覚だけは大きくなっていく。それが快感だと認識するまで、それほど時間はかからなかった。

重い瞼をゆっくり持ちあげる。

飴色の光が視界に飛びこみ、思わず目を細める。だが、目がなれてくると、それほど強い光ではなかった。

二郎はベッドの上で仰向けになっていた。見覚えのない天井が、淡い光に照らされている。どうやら、サイドテーブルにスタンドが置いてあるらしい。それが唯一の明かりだった。

（ここは、いったい……）

疑問が湧きあがるが、またしても股間に甘い感覚が湧き起こる。快感が全身にひろがり、なにも考えられなくなってしまう。

「ううっ……」

思わず声が漏れる。

ペニスに熱くてヌルヌルしたものが触れており、かつて経験したことのない感覚に襲われた。

肉棒がこれ以上ないほど硬くなっている。それを自覚すると同時に、自分が裸だということに気がついた。下半身だけではなく、上半身にも服を身につけていなかった。

ペニスに柔らかいものが這いまわる感覚はなんだろうか。熱く湿っており、ねちっこく滑っている。自分の手で握ってしごくより、はるかに気持ちがよくて腰が小刻みに震えてしまう。

（な、なにが起きてるんだ……）

なんとか首を持ちあげると、自分の股間に目を向ける。すると、大きく開いた脚の間に、誰かがうずくまっていた。

「ちょ、ちょっと……」

思わず声をあげる。

それは美雪に間違いない。雄々しく屹立したペニスの向こうに、美雪の整った顔が見える。濡れた瞳で二郎の顔を見つめながら、ピンク色の舌を伸ばして肉棒の裏側に這わせていた。

「目が覚めましたか」

美雪は悪びれた様子もなく言うと、裏スジを下から上へと舐めあげる。

「くうぅッ」

とたんに痺れるような快感がひろがり、またしても声が漏れてしまう。

舌先が触れるか触れないかの微妙なタッチで、敏感な部分を舐められているのだ。童貞の二郎は、当然ながら女性に愛撫された経験は皆無だ。それなのに、いきなり舌でペニスを舐められている。しかも、相手は既婚者の美雪だ。信じられないことが現実になっていた。

美雪は二郎の脚の間で正座をしている。

前屈みの姿勢で両手をペニスの根もとに添えて、裏スジを何度も舐めあげているのだ。

（どうして……）

わけがわからないまま懸命に記憶をたどる。

確か美雪の部屋で晩ご飯をご馳走になり、冷酒を何杯かいただいた。そして、睡魔に襲われて、そのままソファで眠ってしまったのだ。

美雪がベッドに連れてきてくれたのだろうか。まさか眠っている二郎を抱きかかえる力はないと思う。おそらく、美雪にうながされて、二郎は寝ぼけながら歩いたのではないか。

ということは、ここは夫婦の寝室だ。

旦那がいつから戻っていないのか知らないが、夫婦の寝室だと思うと背徳感がこみあげる。旦那が行方不明だというのに、二郎は裸で夫婦のダブルベッドに横たわっているのだ。

最低のことをしていると思うが、同時に気持ちが昂った。

しかも、美雪が舌をペニスに這わせている。頭ではいけないと思っても、体はしっかり反応してしまう。ペニスはますます勃起して、先端から透明な我慢汁がトロトロと溢れ出した。

「お、大家さん……な、なにを……」

どうして、こんなことになっているのだろうか。

美雪は人妻だ。今日までほとんど言葉を交わしたことがなかった。それなのに二郎に愛撫を施す理由がわからない。だが、困惑する二郎に構うことなく、美雪はペニスに舌を這わせつづける。我慢汁は竿にも垂れているのに、まったく気にする様子がなかった。

「気持ちよくなっていいんですよ」

美雪は口もとに微笑を浮かべて、やさしくささやいた。

そして、再び舌を伸ばして裏スジをくすぐるように舐めあげる。そのたびに甘い感覚がひろがり、ペニスがピクッと反応した。

「ま、待ってください――ううッ」

二郎の声を無視して、美雪は亀頭をぱっくり咥えこむ。熱い吐息が先端に吹きかかり、柔らかい唇がカリ首に密着した。

「くううッ、そ、そんな……」

「はンンっ」

美雪は鼻にかかった声を漏らすと、口のなかで亀頭に舌を這わせる。先端をヌルリと舐めまわして、唾液をたっぷり塗りつけた。

（み、美雪さんの口に……俺のチ×ポが……）

強烈な快感が湧き起こり、全身の細胞を激しく震わせる。

なにしろ、生まれてはじめてのフェラチオだ。舌と唇の感触は、自分で触れるのとは比べものにならないほど気持ちいい。しかも、股間に視線を向ければ、美しい女性がペニスを口に含んでいるのだ。それを見ているだけでも、快感が二倍にも三倍にもふくれあがった。

（こ、こんなことされたら……）

あっという間に限界が来てしまう。

亀頭を舐められているだけで、我慢汁が次から次へと溢れている。思わず両手でシーツを強くつかみ、ふくれあがる快感をこらえた。

そんな二郎の反応に気をよくしたのか、美雪はペニスを口に含んだままうれしそうに目を細める。そして、首をゆったり振りはじめた。

「ま、待ってください……くううッ」

硬くみなぎった太幹の表面を、柔らかい唇でしごかれる。とたんに鮮烈な刺激が脳天まで突き抜けて、両脚がつま先までピンッと伸びきった。

「おううッ」

たまらず呻《うめ》き声が漏れるが、美雪は構うことなく首を振る。ペニスを根もとまで口に含んだと思ったら、時間をかけてヌルヌルと後退していく。そして、亀頭が抜け落ちる寸前でいったんとまると、再び肉棒をすべて呑みこむことをくり返す。

「ンっ……ンっ……」

美雪の微かな声とともに、密着した唇が太幹の表面をゆっくり滑る。

自分の手では決して生み出せない快楽だ。しかも、彼女の首の動きはあくまでもスローなので、すぐに達してしまうことがない。蕩《とろ》けるような愉悦が延々とつづくため、快感がどんどん蓄積されていく。

「そ、それ以上されたら……」

たまらなくなって腰をよじり、震える声で訴える。

しかし、美雪は決してペニスを解放しない。しっかり咥えこんで首を振り、溢れる我慢汁をすすりあげる。焦らすようなゆったりした動きが、二郎の性感をどんどん追いつめていた。

「き、気持ちいい……ううウッ」

こんなにも感じているのに射精させてもらえない。全身が燃えあがったような感覚に襲われて、両手でシーツをかきむしった。

「あふっ……むふっ……はむンっ」

美雪の鼻にかかった声が、牡の欲望を煽り立てる。潤んだ瞳でじっと見つめられるのも、強烈な刺激になっていた。

ペニスは唾液にまみれて、ぐっしょり濡れている。そこを柔らかい唇でじっくりねぶられるのだ。舌も器用に蠢《うごめ》いており、カリの裏側や尿道口など、敏感なところを的確に刺激していた。

「ううッ、も、もうっ……」

これ以上は耐えられそうにない。

首の振り方は緩やかだが、なにしろ二郎は童貞だ。濃厚なフェラチオを施されて、経験したことのない快楽を次から次へと送りこまれている。懸命に奥歯を食いしばり、ふくれあがる射精欲をなんとか抑えこんだ。

しかし、美雪は首を振りつづける。それだけではなく、頬をぼっこり窪ませると、咥えこんだペニスを猛烈に吸いあげた。

「はむううッ」

「ううウッ、そ、それ、ダメですっ」

慌てて全身の筋肉に力をこめる。

我慢汁が強制的に吸い出されると同時に、射精欲が暴走寸前までふくれあがった。両足のつま先を内側にググッと折り曲げて耐えるが、もはや暴発するのは時間の問題だ。無意識のうちに尻がシーツから浮きあがり、股間を突き出すような格好になっていた。

「出していいんですよ。いっぱい出してください」

美雪がペニスを咥えたまま、くぐもった声でささやく。その間も目を見つめており、視線でも性感を刺激する。

射精したくてたまらない。一刻の猶予もないほど昂っている。だが、口のなかに出すのはまずいと思う。ところが、美雪はペニスを離すことなく、唇で太幹を締めつける。

「お、大家さんっ、お、俺、もうっ」

訴えてもやめてもらえない。それどころか、二郎の反応を楽しむように、美雪は首を激しく振りはじめた。

「はむッ……うふッ……あふンッ」

柔らかい唇で硬直したペニスをヌプヌプしごかれる。射精欲が限界まで跳ねあがり、目の前の光景がまっ赤に染まっていく。

「で、出ちゃいますっ」

「このまま出していいですよ」

「そ、そんな、本当に出ちゃいますっ」

懸命に訴えるが、美雪は聞く耳を持たない。

肉棒を猛烈に吸いながら、首をリズミカルに振り立てる。唾液と我慢汁がまざることで潤滑油となり、快感が膨張していく。唇がなめらかに滑り、湿った音が寝室に響きわたった。

「出して、いっぱい出して……はむううッ」

「ううう……うううッ」

もう意味のある言葉を発する余裕はない。二郎は快楽にまみれて呻き、ついに股間を大きく突きあげた。

「くおおッ、で、出るっ、くおおおおおおッ！」

とてもではないが我慢できない。雄叫びをあげながら、沸騰した精液をぶちまける。人妻の口のなかでペニスが跳ねまわり、尿道を駆け抜けたザーメンが勢いよく噴き出した。

(す、すごいっ……こんなにすごいなんて……)

絶頂からおりることができず、全身の筋肉が痙攣している。

フェラチオでの射精は頭のなかがまっ白になるほどの快感だ。すべての細胞が震えているのがわかり、たまらず体を仰け反らせる。ペニスは延々と脈動をつづけて、二郎は再び雄叫びをあげていた。

「き、気持ちいいっ、ぬおおおおおおおッ！」

「あむうううッ」

美雪は肉棒を吐き出すことなく、根もとまでしっかり咥えている。

大量の精液をすべて口内で受けとめると、躊躇することなく喉をコクコク鳴らして飲みくだした。

(そ、そんなことまで……)

二郎は快楽にまみれながら心のなかでつぶやいた。

美雪はペニスを口に含み、うっとりした表情を浮かべている。瞼を半分落として、まるで精液を味わっているかのようだ。

夫以外の男の精液を飲んでいるのに興奮しているのかもしれない。脈動をつづける太幹を、唇でやさしくしごきつづけている。最後の一滴まで飲みほすと、尿道口を丁寧に舐めてきれいにしてくれた。

4

「お、大家さん……」

二郎は息を乱しながらつぶやいた。

フェラチオの刺激で目が覚めて、わけがわからないまま口のなかに射精してしまった。

「まだ硬いままなんですね」

美雪は伏せていた身体をゆっくり起こすと、ペニスを見つめてつぶやいた。

射精した直後だというのに、隆々とそそり勃っている。予想外の出来事に驚いたが、興奮状態が継続していた。

「素敵です。いただいてもよろしいですか」

美雪が遠慮がちにつぶやく。そして、二郎の返事を待たずに、膝立ちの姿勢でブラウスのボタンを上から順にはずしはじめた。

（な、なにを……）

喉がカラカラに渇いて声にならない。

そうこうするうちに、ブラウスの前がはらりと開き、純白のブラジャーが露になる。精緻なレースがあしらわれた色っぽい下着だ。ブラウスを脱いで、フレアスカートもおろしていく。つま先から抜き取ると、ブラジャーとおそろいの純白のパンティが現れた。

「はじめてなんですね」

美雪は落ち着いた声でつぶやき、とまどう二郎の目をじっと見つめる。

確信めいた言い方だ。二郎に女性経験がないとわかっているらしい。いったい、いつから気づいていたのだろうか。青い光を放つ瞳で、なにもかも見抜かれている気がした。

「二郎くんのはじめて、わたしがいただいてもよろしいですか」

「そ、それって……」

思いがけない言葉をかけられて困惑する。

これから二郎とセックスをするつもりらしい。これほどきれいな女性が初体験の相手をしてくれるのなら、二郎としては断る理由などない。しかし、美雪の考えていることがわからなかった。

（どうして、俺と……）

夫が戻らない淋しさを紛らわすためだろうか。

しかし、美雪ほどの女性なら、誘いに乗る男はいくらでもいると思う。きっと女性の扱いになれた男もいるだろう。どうせなら、そのほうが楽しめるのではないか。

（いや、待てよ）

もしかしたら童貞が好きなのかもしれない。

そういう女性もいると、雑誌かなにかで読んだ記憶がある。チェリーボーイはかわいいし、育てる喜びがあると書いてあった。それを読んだときは半信半疑だったが、今は信じる気持ちのほうが強くなっていた。

（そうか……）

そういう理由なら納得できる。

このままでいけば筆おろしをしてもらえそうだ。しかし、初体験のチャンスを目の前にしても、童貞だと認めるのは恥ずかしかった。

「も、もし、俺がはじめてじゃなかったら……」

「大丈夫ですよ。誰にでも最初はあるものです」

美雪はそう言って、二郎を落ち着かせるようにやさしげな笑みを浮かべる。やはり童貞だと確信しているようだ。

「それとも、わたしではいやですか？」

「そ、そんなことありません」

即座に彼女の言葉を否定する。

ついセックスしたい気持ちが剝き出しになってしまう。羞恥がこみあげて、顔がカッと熱くなった。

「よかったです」

「なんで、わかったんですか？」

これ以上、見栄を張っても仕方がない。疑問を口にすると、美雪は小さくうなずいて両手をゆっくり背中にまわした。

「目を見ればわかります」

視線は二郎に向けたまま、ブラジャーのホックをはずす。とたんにカップを押しのけて、双つの乳房がプルルンッとまろび出た。

（おおっ……）

二郎は思わず心のなかで唸った。

ボリュームのある乳房は下膨れした釣鐘形だ。染みひとつないなめらかな白い肌が、魅惑的な曲線を描いている。まろやかな乳肉の頂点には、紅色の乳首が揺れていた。

（す、すごい……）

ついつい視線が吸い寄せられる。

インターネットやAVで見るのとは異なるナマの乳房だ。腰が細く締まっているため、なおさら大きく感じる。柔らかく波打つ双つの乳肉だけではなく、ぷっくり隆起した乳輪と乳首を食い入るように見つめた。

「穢れのない初雪が、二郎くんを連れてきたのかもしれません。これは運命だと思いませんか」

いったい、なにを言っているのだろうか。

美雪はブラジャーを取り去ると、パンティに両手の指をかける。そして、膝立ちの姿勢でおろしはじめた。

パンティのウエストラインが徐々にさがり、やがて恥丘が現れる。なめらかな肌がふっくらと盛りあがり、そこに申しわけ程度の陰毛がそよいでいた。生まれつき薄いのか、白い地肌が透けている。そればかりか、縦に走る溝まで確認できた。

美雪はパンティを完全に抜き取り、生まれたままの姿になる。奇跡のように白い裸体が、スタンドのぼんやりした光に照らし出された。

(なんてきれいなんだ……)

胸のうちでつぶやき、生唾をゴクリと飲みこんだ。

ただ美しいだけではなく、牡の欲望を刺激してやまない。二郎は仰向けの姿勢で首だけ持ちあげて、美雪の裸体を隅々まで舐めるように見まわした。

「そんなに見ないでください」

自ら服を脱いだのに、美雪は右手で乳房、左手で股間を覆い隠す。そして、恥ずかしげに腰をくねらせた。

「す、すみません……」

慌てて謝罪するが視線をそらすことはできない。

なにしろ、目の前で人妻が全裸になっているのだ。手のひらからこぼれそうな乳房と、指の間からチラチラ見える陰毛と恥丘が気になって仕方がない。すべてを網膜に焼きつけようと目を見開いて凝視した。

美雪は恥じらいの表情を浮かべながら、二郎の股間にまたがる。両膝をシーツにつけた騎乗位の体勢だ。

そのとき、美雪が股間を突き出した。

陰部を見せつけるようなポーズだ。もしかしたら、童貞の二郎に見せてくれたのかもしれない。実際、白い内腿の奥で息づく秘められた部分が剝き出しになっていた。

薄めの陰毛の下に、赤々とした陰唇が見えている。肌が白いため、なおさら赤く感じるのかもしれない。陰唇のビラビラした部分が濡れ光っているのが艶《なま》めかしくて、勃起したままのペニスがビクッと跳ねた。

「ここに挿れるんですよ」

美雪は右手を自分の股間に伸ばすと、人さし指と中指を陰唇にあてがった。そして割れ目をそっとひろげて、毒々しいほど赤い膣内を見せつけた。

(あ、あそこに、俺のチ×ポが……)

深い穴の奥から透明な汁が溢れている。うねる膣襞が見えて、期待と興奮がふくれあがった。

「み、美雪さん……」

思わず名前で呼んでしまう。しかし、美雪はいやな顔をすることなく、微笑を浮かべて太幹をそっとつかんだ。

「わたしにまかせてください」

ペニスの先端に陰唇が押し当てられる。美雪は腰を軽く前後に振り、割れ目から溢れる華蜜を亀頭に塗りつけた。

「ううっ……」

それだけで呻き声が漏れてしまう。まだ挿れたわけでもないのに、甘い痺れがひろがっていた。

「挿れますよ……はンンっ」

美雪が腰をゆっくりおろしはじめる。

陰唇の狭間に亀頭が埋まり、熱い粘膜がからみつく。膣のなかは華蜜で充分に潤っている。膣口がキュウッと締まって、カリ首が思いのほか強い力で締めつけられた。

「ぬううッ」

いきなり鮮烈な快感が突き抜ける。

一度射精しているから耐えられたが、それがなかったらいきなり暴発していたかもしれない。亀頭が膣口に埋まっただけで、それほどの愉悦が股間から全身にひろがっていた。

「ああっ、大きい……」

美雪の顎が跳ねあがる。独りごとのようにつぶやき、さらに腰をゆっくり落としこんだ。

ペニスが二枚の陰唇を巻きこみながら、膣にどんどん呑みこまれていく。無数の膣襞が太幹にからみつき、まるで咀嚼するように蠢いている。強烈な快感に耐えているうちに、根もとまで完全につながっていた。

(つ、ついに……)

童貞を卒業したのだ。そう思うと、腹の底から悦びがこみあげる。

早くセックスしたいと思っていたが、なかなか機会はなかった。一生、童貞のままなのではと不安に駆られた日もある。それなのに、なんの前触れもなく初体験の日を迎えるとは思いもしなかった。

(俺、セックスしてるんだ)

胸のうちでつぶやくたびに実感する。それと同時にペニスに受ける膣の熱気が強くなった。

「動きますね」

美雪が両手を二郎の腹について、股間を前後にスライドさせる。

まるで陰毛同士を擦り合わせるような動きだ。股間が密着した状態で、ペニスが膣内で揉みくちゃにされていく。クチュッ、ニチュッという湿った音が響きわたり、聴覚からも性感が刺激された。

「ううッ、き、気持ちいいです」

たまらず訴えると、美雪は目を細めてうれしそうな顔をする。

腰の動きが少しずつ速くなり、大きな乳房がタプタプ弾む。二郎はほとんど無意識のうちに両手を伸ばして、魅惑的な双つの柔肉にそっと触れた。

「あンっ」

美雪の唇から甘い声が溢れ出す。

拒絶しないので、指をそっと曲げて乳房にめりこませる。男の体ではあり得ない柔らかさだ。指先がどこまでも沈みこみ、乳房がいとも簡単に形を変える。先端で揺れる乳首を摘まみあげれば、女体がビクッと反応した。

「ああンっ、二郎くん……」

美雪の瞳はとろんと潤んでいる。

もしかしたら、彼女も感じているのかもしれない。そう思うことで、二郎が受ける快感は一段と跳ねあがった。

「くううッ、お、俺、もう……」

いきり勃ったペニスを熱い媚肉に包まれている。ねちっこい腰の動きに合わせて締めつけられるたび、我慢汁がドクッ、ドクッと溢れていた。

「いいですよ。いっぱい出してください」

美雪がやさしく声をかけてくれる。

そして、両膝を立てて足の裏をシーツにつけると、腰の振り方を上下動に変化させた。膝の屈伸を使って、膣でペニスをしごきあげるのだ。ヌプヌプと激しく出し入れされることで、瞬く間に射精欲がふくれあがった。

「そ、そんなにされたら……うううッ」

二郎の呻き声にベッドの軋む音が重なる。ギシギシという音が生々しくて、ますます気分が高揚してしまう。

「出していいですよ。ああアッ、わたしのなかに、いっぱいください」

美雪は腰を振りながら、喘ぎまじりに射精をうながす。膣のうねりが激しさを増して、ペニスを思いきり締めつけた。

「くううッ、で、出ちゃいますっ」

二郎が訴えると、美雪の腰の振り方が激しさを増していく。尻を勢いよく打ちおろすたび、凄まじい快感が脳天まで突き抜けた。

「き、気持ちいいっ、おおおおおおッ」

「遠慮しないで出してください。あああッ、いっぱい注ぎこんでくださいっ」

「で、出るっ、おおおッ、出る出るっ、くおおおおおおおおッ！」

とてもではないが耐えられない。二郎は獣のような咆哮を響かせて、ついに欲望を解き放つ。ブリッジするように股間を突きあげると、思いきり精液をぶちまけた。

「はあああッ、あ、熱いっ、あああああああッ！」

灼熱のザーメンを注ぎこまれて、美雪も喘ぎ声を響かせる。

絶頂に達したかどうかはわからない。だが、艶めかしい声を聞けば、彼女も感じているのは間違いなかった。

「おおおッ……おおおおッ」

膣のなかでペニスが暴れて、精液を延々と放出する。

かつてこれほど長く射精したことはない。頭のなかがまっ白になるほどの快感だ。なにも考えられなくなり、絶頂の余韻に身をまかせる。まだペニスは膣に収まったままで、熱い膣襞のうねりを感じていた。

セックスで達するのが、これほど気持ちいいとは知らなかった。

射精のあとの疲労感が押し寄せて、急激な睡魔に襲われる。なんとか抗おうとするが、やがて意識がぼやけていく。

「ああっ、二郎くん、素敵よ」

美雪がうっとりした表情を浮かべてささやいた。

膣が猛烈に締まり、ペニスをギリギリと締めつける。最後の一滴まで搾り取られて、ついに意識がぷっつりと途切れた。

第二章　二度目の初体験

1

ふと目が覚めると、すでに明るくなっていた。

カーテンごしに朝の光が射しこんでいる。今朝も冷えこんでいるが、体が少しなれたのかぐっすり眠ることができた。

（あれ？）

ふと違和感を覚えて周囲に視線をめぐらせる。一瞬、自分がどこにいるのかわからなくなってしまう。

（ここは……）

自分の部屋だった。

確か昨夜は美雪の部屋で寝てしまったはずだ。夫婦の寝室で初体験をして、そのまま睡魔に襲われたのだ。

(いつ帰ってきたんだ?)

横になったまま、天井をぼんやり見あげる。

どうやって帰ったのか、まったく覚えていない。美雪にうながされて戻ったのだろうか。

しかし、まるで記憶になかった。

はじめてのセックスで激しく昂り、頭のなかがまっ白になったのは事実だ。だからといって、そのあとの記憶がなくなるとは思えない。あのときは酒の酔いもだいぶ覚めていたはずだ。

それにこの部屋に戻るには、いったん外に出なければならない。昨日は初雪が降ったほどなので、かなり気温が低かった。冷たい外気に触れたのなら、そのときだけでも頭がシャキッとして記憶に残っているのではないか。

(じゃあ、どうやって……)

まさか寝ている二郎を、美雪が抱きかかえて運んだわけではないだろう。彼女にそんな腕力があるとは思えない。

明け方に起こされて、自分で歩いて帰ってきたのだろうか。

はじめてのセックスを経験したことで、昨夜は浮かれると同時に疲れきっていた。外は寒いが、寝ぼけながら夢のなかを漂うようにフラフラと戻ったのかもしれない。

(そうか、夢見心地だったんだな……夢?)

ふいに別の可能性が脳裏をよぎった。

昨夜の出来事は本当に起きたことだろうか。考えてみると、不自然なことが多すぎる。

まさかとは思うが、淫らな夢を見ただけではないのか。

あらためて記憶をたどってみる。美雪の部屋で晩ご飯をご馳走になったのは間違いない。そして、冷酒を飲みすぎたのも確かだ。

(ソファで寝ちゃったんだよな。それから……)

思い出そうとするが、そのあとの記憶があやふやだ。

目が覚めると、夫婦の寝室だった。あのときも自分で歩いて移動したのか定かではない。まったく覚えていなかった。

そして、よくわからないまま美雪の愛撫を受けて、はじめてのセックスを体験した。

（あれは、本当のことなのか？）

事実だと思って喜んでいたが、急に不安になってしまう。

美雪はアパートの管理人兼大家だ。当然、顔見知りだが、とくに親しいわけではない。

そんな美雪が、なぜかやさしく筆おろしをしてくれた。

考えれば考えるほど不自然で、あまりにも都合のいい話だ。早く童貞を卒業したいと思っていたから、淫らな夢を見たのではないか。美雪と言葉を交わしたことで、妄想がふくらんだだけではないのか。

（ウソだろ……）

思わず布団をはねのけると、スウェットパンツをおろしてペニスを剝き出しにする。

筆おろしが済んでいるのかどうか、見た目でわかるはずもない。それでも見つめずにはいられない。どこかに童貞を卒業した痕跡はないだろうか。しかし、どんなに見つめてもわからない。寒さで縮こまっているペニスは、いつもとまったく変わらなかった。

（でも……）

フェラチオしてもらったときの唇と舌の感触も、膣に挿入したときの熱くて蕩けるような快楽も覚えている。

あれもすべて妄想だったというのか。

セックスをしたと信じたい。だが、記憶に自信がなかった。昨夜はかなり酔っていたので、夢と現実の区別がつかなくなっただけかもしれない。セックスの記憶はあるのに、どうやって帰ってきたのか覚えていないのだ。

（やっぱり、やってないのか？）

萎えたペニスを見つめて、深いため息を漏らす。

手料理をご馳走になったあと、酔っぱらって帰ってきたと考えるのが自然な気がする。そして、そのまま横になって眠ったのだろう。

（そうか……そうだよな）

思わず苦笑が漏れる。

自分はまだ童貞のままだ。これまでチャンスがなかったのに、急にセックスできるはずがない。そのことに気づいて落胆するが、それと同時になぜか心の片隅

とっていた。美雪は人妻だ。関係を持ってはいけない女性だ。そんな思いが、ずっとつきまとっていた。

で安堵もしていた。

(夢でよかったんだ……)

そう自分に言い聞かせる。

苦笑を漏らして、大きく伸びをした。

美雪が気になる存在なのは事実だ。とはいっても、人妻だということを忘れたわけではない。手を出してはいけない女性だ。しかし、惹かれる気持ちは抑えられなかった。

(ところで……)

今は何時だろうか。

日がずいぶん高い気がする。枕もとの時計に目を向けて、思わず「えっ」と大きな声をあげた。すでに午前九時をすぎている。一限目の講義がとっくにはじまっていた。

(マジか……)

これまで一度も寝坊していなかったのに、ついにやってしまった。

2

二限目から出席することにして、急いで準備をする。外に出ると、雪がはらはらと舞っていた。

道路には雪がうっすらと積もっている。

空気がキーンと冷えており、息を吸いこむと一瞬で体温がさがっていく。とたんに全身が震えて、思わず肩をすくめた。

（あっ……）

そのとき、美雪の姿が目に入った。

スコップを手にして、外階段の下の雪かきをしている。入居者が滑って怪我をしないようにという配慮だろう。

今朝の美雪は焦げ茶のフレアスカートに白いブラウス、そのうえに胸当てのある赤いエプロンをつけている。家庭的な雰囲気が漂っているが、彼女の旦那はずいぶん前から帰っていないことを知っていた。

（いや、あれも夢だったかもしれないぞ）

心のなかで自分に問いかける。

そもそも本当に晩ご飯をご馳走になったのだろうか。もはや記憶にまったく自信が持てない。すべてが妄想だった気がしてきた。

緊張しながら階段を降りていくと、美雪が足音に気づいて視線を向けた。

「おはようございます」

相変わらず美しい声音だ。口もとに微かな笑みを浮かべて、二郎の顔を見あげていた。

(やっぱり……)

彼女の顔を見て、昨夜のことは夢だったと確信する。

もし本当にセックスをしていたら、これほど自然な笑みを浮かべることはできないだろう。そう思うと緊張が少しほぐれた。

「おはようございます。今日も雪ですね」

階段を降りながら挨拶する。

ところが、美雪の前に立つと、昨夜の夢を思い出してしまう。これほど美しい人妻が、騎乗位でまたがって腰を振ったのだ。彼女の甘い喘ぎ声も蕩けるような膣の感触も、はっきり覚えていた。

(あれが夢だったなんて……)

あまりにもリアルな夢だった。

すべては心と体にしっかり刻みこまれている。しかし、美雪とセックスするなど、あり得ないことだ。それなのにペニスに快感がよみがえり、腰にブルルッと震えが走り抜けた。

「うっ……」

思わず小さな声が漏れてしまう。慌てて下腹部に力をこめて、腰の震えを抑えこんだ。

「大丈夫ですか。震えてますけど」

美雪が不思議そうに首をかしげる。

まさか、二郎が淫らな妄想をしているとは思いもしないのだろう。心配そうに見つめられて、申しわけない気持ちになってしまう。

「さ、寒くて……」

慌ててごまかすと、美雪は小さくうなずいた。

「これから日に日に寒くなっていきますよ。風邪を引かないように気をつけてくださいね」

「はい……では、行ってきます」

なんとなく落ち着かなくて、早々に立ち去ろうとする。軽く頭をさげて、彼女の横を通りすぎた。

「また来てくださいね」

ふいに声をかけられてドキリとする。

思わず足をとめると、美雪は唇の端に微笑を浮かべていた。その妖しげな笑みに見覚えがある。

(もしかしたら、昨日の夜……いや、そんなはず……)

わけがわからなくなってきた。

青く光る瞳を向けられて、またしてもペニスがピクッと反応する。昨夜の艶めかしい夢が脳裏によみがえってしまう。どうしても抑えきれず、ボクサーブリーフのなかでペニスがムクムクと頭をもたげはじめた。

「昨夜はとても楽しかったです。男性とふたりきりで過ごしたのは久しぶりだったから」

美雪の声はあくまでも穏やかだ。

深い意味はないと思う。旦那が戻らず淋しかったので、食事をしておしゃべりをしたことが楽しかったのだろう。

（それなのに、俺は……）

夢のなかで見たセックスを思い出している。

実際の食事やおしゃべりより、妄想での淫らな出来事のほうが大きかった。美雪の乳房や陰唇、それにフェラチオや挿入したときの快感が頭のなかを埋めつくしていた。

「二郎くん？」

美雪が不思議そうに顔をのぞきこむ。そして、またしても唇の端に笑みを浮かべた。

「なにを考えているんですか？」

「い、いえ、別に……」

やっとのことで返事をする。

しかし、内心を見抜かれた気がして、胸の鼓動が速くなっていた。こうしている間も美雪の淫らな表情を思い浮かべてしまう。セックスしたのは夢のなかの話だが、なぜかリアルな記憶としてよみがえっていた。

（や、やばい……）

ペニスはこれ以上ないほど勃起して、ジーンズの股間を内側から押しあげている。痛いくらいにつっぱり、思わず前屈みになっていた。

「また晩ご飯をご馳走させてください。冷酒も用意しておきますね」

「お酒は、ちょっと……」

さすがに返事を躊躇する。

昨夜のように飲みすぎてしまうと、また淫らな夢を見てしまいそうだ。しかも記憶があやふやなのが不安だ。そのうち大きな失敗をやらかすのではないかと心配だった。

「迷惑をかけたらいけないので……」

「でも、昨夜は最後までお元気でしたよ」

そう言って、美雪はにっこり微笑んだ。

元気とはどういう意味だろうか。後半の記憶が飛んでいるので、今ひとつわからない。思わず股間を見やれば、あからさまにふくらんでいた。まさか、昨夜もペニスが元気になっていたのではないか。

（違う、あれは夢なんだ……）

慌てて自分に言い聞かせる。

昨夜はなにもなかったはずだ。なにかあったのなら、美雪の態度にも出るだろう。だが、彼女はごく普通に話していた。

（いや、待てよ……）

なにか違和感を覚える。

そもそも美雪はこれまで無口で、ほとんど言葉を交わしたことがなかった。極度の人見知りだと思っていたが、昨日の朝、はじめてまともに話した。そして、今朝も当たり前のように話している。

昨日一日で二郎になれたのだろうか。今ひとつピンと来ないが、美雪はやさしげな瞳を向けていた。

はらはらと舞い落ちる雪が、彼女の幻想的な美しさを際立たせている。その一方で、竹箒を手にして微笑む姿は、赤いエプロンと相まって意外にも家庭的な感じがした。

そのギャップが美雪の魅力なのかもしれない。あらためて惹かれている自分に気づいて、二郎は慌てて視線をそらした。

「い、行ってきます」

顔が熱く火照っているのを感じて、逃げるように歩きはじめる。

「行ってらっしゃい。お気をつけて」

背中に美雪の声が聞こえた。

思わず頬が緩んでしまう。ペニスが勃起して歩きづらいが、それでも早足でその場を離れた。

3

大学の講義を終えると、アルバイト先のコンビニに向かった。

バイトが入っている日は、アパートに帰らずに直行する。そして、いつも閉店の午後十一時まで働いていた。

このあたりは田舎なので、コンビニも二十四時間営業ではない。車の通りが少ないので、深夜に営業しても客が入らないのだろう。東京ではほとんど二十四時間営業だったので、最初は不思議な感じがした。

今日のアルバイトのシフトは、二郎と吉野《よしの》六花《りっか》のふたりだけだ。

六花は同じ大学の先輩で、一年生のときからここでアルバイトをしているという。ひとつ年上の二十一歳だが、現役で大学に合格しているため学年はふたつ上の三年生だ。

（今日もかわいいな……）

二郎はパンの品出しをしながら、弁当の品出しをしている六花をチラリと見やった。

六花はどこか幼さの残る愛らしい顔立ちをしている。昨年の学園祭で準ミスに選ばれたと聞いたが納得だ。

六花を狙っている男子学生は多く、よくレジで話しかけられている。あからさまなナンパもあるが、六花は軽い男が苦手らしく、いつも顔をまっ赤にして困っていた。

じつは二郎も六花に惹かれているひとりだ。

とはいっても、相手にされないのはわかっている。なにしろ、六花は準ミスで学園のアイドル的存在だ。どう考えても、自分のような地味な男と釣り合うはずがなかった。

（俺は眺めてるだけで充分だ）

もはや、あきらめの境地に達しているといってもいいだろう。

まさに六花は高嶺の花だ。手が届かないとわかっているから、誰かと親しげに話しているのを見ても悔しさはまったく湧かない。また彼女のファンが来ているのかと思うだけだった。

（それにしても……）

つい六花の姿をまじまじと見つめてしまう。

白と青のストライプの制服があつらえたように似合っており、胸もとがふんわりと盛りあがっている。乳房はそれほど大きくなさそうだが、きっと乳首はきれいな色をしているに違いない。

制服は上だけで、下は自前だ。今日の六花は濃紺のスカートを穿いている。膝がわずかにのぞく丈で、冬だというのにナマ脚だ。寒そうに見えるが、六花は道内の出身なのでなれているらしい。二郎としてはナマ脚は大歓迎だ。白くてなめらかなふくらはぎが魅力的に映った。

六花がしゃがみこんだ。

下段の棚に商品を並べるためだ。左膝を床について右膝を立てたので、スカートが少しずりあがり、健康的な太腿がわずかに露出した。

（こ、これは……）

ますます視線が惹きつけられてしまう。

内腿も見えてドキドキする。眩いほど白くて、いかにも柔らかそうだ。いつしか品出しの手がとまり、ただ太腿だけを凝視していた。

昨夜、夢のなかで見た美雪の裸体を思い出す。

あの夢がリアルだったせいか、六花の身体を想像せずにはいられない。乳房は小ぶりだが柔らかくて、きっと陰唇はきれいな色をしているはずだ。そんなことを考えていると、ペニスがズクリッと疼いた。

(や、やばい……)

危うく勃起しそうになり、慌てて心を落ち着かせる。邪念を払うように、息を小さく吐き出した。

「どうしたの?」

ふいに六花が振り返る。

二郎の視線に気づいたのかもしれない。目が合ったことで、胸の鼓動が急激に速くなった。

「い、いや、あの……」

突然のことに動揺して、頭のなかがまっ白になる。結局、言いわけが思い浮かばず、しどろもどろになって黙りこんだ。

「ちょっと、大下くん……」

六花が探るような目になった。

裸体を想像していたことを見抜かれたのではないか。怒り出す前に謝ったほうがいいかもしれない。

「す、すみま——」

謝罪しようとしたとき、六花が同時に口を開いた。

「はじめてだったんだね」

予想外の言葉にドキッとする。

いったい、なにを言い出したのだろうか。「はじめて」と言われて、初体験のことを思い浮かべてしまう。しかし、昨夜のことは夢だった。まだ二郎は「はじめて」を経験していないのだ。

「そうよね。北海道に来て、はじめての冬だもの」

六花はひとりで納得してうなずいている。

つい先ほどまで探るような目をしていたが、一転して柔らかい笑みを浮かべていた。

（な、なんだ？）

よくわからないが窮地は脱したらしい。

内心ほっと胸を撫でおろす。彼女の言う「はじめて」は初体験のことではなかった。考えてみれば、六花がそんな話をするはずがない。バイトではよく同じシフトになるが、それほど親しいわけではなかった。

（バカだな、俺……）

自分自身に呆れてしまう。

昨夜の夢のことが頭から離れず、思考が淫らなほうに行きがちだ。ほかの人たちが、そんなことばかり考えているはずがなかった。

「急に寒くなったから、体調を崩したんじゃない？」

六花がそう言って視線を外に向ける。

日が落ちて暗くなった駐車場に、雪がはらはら舞い落ちていた。すでに白線が見えないほど積もっている。いかにも道が滑りそうで、今から帰りが心配になってきた。

「こっちの雪は、はじめてでしょう」

「は、はい……」

「疲れた顔をしてるよ。体が寒さになれてないんじゃない？」

六花がまじまじと見つめる。

指摘されるほど疲労が顔に出ているのだろうか。昨夜は酔っぱらって早々に寝たはずだ。しかも寝坊したので、睡眠時間は充分に取っている。それなのに、じつはあまり寝た気がしていなかった。

「先に休憩、取っていいわよ」

六花の声はあくまでも穏やかだ。

完全に勘違いしているが、おかげで救われた。裸を想像していたことはバレていない。ここは素直に従うべきだろう。

「それじゃあ、お先に休憩いただきます」

二郎はそそくさとバックヤードにさがった。

交代で休憩を取ることになっているが、急に忙しくなったときはヘルプに入らなければならない。だから、外に出ることなく、店内の様子がわかるバックヤードで休憩することになっていた。

バックヤードには、商品が入った段ボール箱がたくさん積んである。その隅に置いてある椅子に腰をおろした。

ペットボトルのウーロン茶を飲んで、なんとか気持ちを落ち着かせる。

童貞を早く卒業したいと思っているから、淫らなことばかり考えてしまうのかもしれない。六花は勘違いしてくれたが、危ないところだった。気をつけなければ、そのうち大きな失敗をやらかしそうだ。

ピンポーンッ――。

再びウーロン茶を口に含んだとき、電子音が鳴り響いた。

客の来店を告げるチャイムだ。ドアの隙間から店内に視線を向けると、見覚えのある客の姿があった。

くたびれたスーツを着ている四十前後の男性だ。

近所に住んでいるらしく、ときどき来店する。だいたいタバコとビールを買っていくが、どうやら六花のことを気に入っているらしい。六花がレジに立っていないと、なにも買わずに帰ってしまうのだ。

（六花先輩、ほんとに人気あるよな……）

二郎は店内をぼんやり眺めつづける。

品出しをしていた六花がレジに向かう。スカートに包まれた尻がプリプリ揺れて、思わず視線が吸い寄せられる。またしても淫らなことを考えそうになり、慌てて自分を戒めた。

男性客がレジに歩いていく。

明らかに六花の位置を確認してから行動している。こういう客はあの男だけではない。めずらしいことではないので、とくになにも思わない。それより、六花の愛らしさに惹きつけられていた。

「タバコ……」

男が小声でぼそぼそとタバコの銘柄を告げる。

「こちらでよろしいですか」

六花は背後の棚からタバコをひとつ取り出した。男が無言でうなずき、六花がバーコードを読み取る。

「五百八十円です」

「おう……」

男は小声でつぶやくと、ジャケットのポケットから小銭を取り出してトレーに置いた。

「ありがとうございます。二十円のお返しです」

六花が釣り銭を渡そうとして手を差し出す。すると、男は彼女の手をいきなりつかんだ。

「ちょっといいかな」

「お、お客さま？」

とまどいの声をあげて、六花が手を引こうとする。ところが、男は手をつかんだまま放そうとしない。

「今度、いっしょに食事でも……」

「て、手を放してください」

六花は今にも泣き出しそうな顔になっている。

(なにやってんだ？)

いやな予感が胸にひろがっていく。

これは緊急事態だ。なんとかしなければと思うが、情けないことに足がすくんで動けない。もともとおとなしいほうだし、人に注意するのは苦手だ。喧嘩もろくにしたことがなく、腕っぷしには自信がない。

(刺激しないほうがいいんじゃないか……)

はじめから逃げ腰になっていた。

今、二郎が出ていけば、男が逆上して殴りかかってくるかもしれない。そう思うと恐ろしくなり、全身が凍りついたように固まった。

「食事だけでいいから」

「こ、困ります……」

男は手を握ったまま、しつこく誘っている。六花は明らかにいやがっているのに、あきらめようとしない。

(た、助けないと……)

心のなかで何度もつぶやくが、恐怖が先に立ってしまう。

気づかなかったフリをするしかない。六花には嫌われるかもしれないが、男に殴られるよりはマシな気がした。

——正義感の強い人でした。だから、あの人に惹かれたんです。

ふと美雪の言葉が脳裏によみがえる。

旦那は何年も前から行方知れずだという。それでも、美雪は一途に想いつづけている。

——二郎くんは好きになった人を守れますか?

確か、そんなことも言っていた。

美雪は旦那に守ってもらったことがあるのだろう。女性は自分を守ってくれる男に惹かれるのかもしれない。

（俺だって……）

またしても会ったことのない旦那に嫉妬する。それと同時に負けたくないという思いがこみあげた。

ドアを押し開くと、レジに向かって歩いていく。

恐怖が消えたわけではない。だが、それ以上に六花を助けたいという気持ちが大きくなっていた。

「お客さん、どうかなさいましたか」

自分でも驚くほど冷静な声だった。

男は肩をビクッと震わせると、慌てて六花の手を放した。ほかの店員のことは頭になかったらしい。恐るおそるといった感じで振り返る。すると、すっかり怯えたような目になっていた。

「ち、違うんです……」

「なにが違うんですか」

男が弱気になっているのがわかるから、二郎はなおさら冷静に対処することができる。

「しょ、食事に誘いたくて……」

「手を握っていましたよね」

「そ、それは……」

「彼女にその気はないようです。今後は従業員に触れることがないようにお願いします」

勇気を出して、きっぱり言いきる。

男が怒り出すかもしれないと思って内心身構えるが、まったくそんな気配はなかった。

「は、はい、すみません……ご、ごめんね」

男は反省したのか、二郎と六花に向かって頭をペコペコさげた。

そして、コンビニから飛び出すと、いきなり雪で滑って思いきり転倒する。よほど慌てていたらしい。尻をしたたかに打って顔をしかめるが、すぐに起きあがると急いで逃げていった。

（よかった……）

男の姿が見えなくなると、緊張の糸がぷっつり切れた。

ほっとして全身から力が抜けていく。思わず座りこみそうになるが、視線に気づいてはっとする。レジを見やれば、立ちつくしている六花が瞳をうるうる潤ませていた。

「だ、大丈夫ですか」

とにかく両足をしっかり踏んばり、平静を装って声をかける。

本当は自分のほうが大丈夫ではない。しかし、ここで座りこむのは格好悪いという意識が働いた。

「こ、怖かった……」

六花が震える声でつぶやき、カウンターから出てくる。そして、そのまま二郎の胸にもたれかかった。

（えっ、ちょ、ちょっと……）

予想外の展開に慌ててしまう。

それでも、こういうときは男らしく振る舞うべきだと思って、両手を彼女の背中にそっとまわした。

「も、もう、大丈夫ですよ」

男を追い払って安堵したのも束の間、別の緊張がこみあげる。

こんなふうに女性と触れ合うのは、これがはじめてだ。しかし、昨夜の夢がリアルだったので、パニックにはならずにすんだ。

とにかく、すぐ目の前に六花の頭がある。自分の呼吸に合わせて、彼女の黒髪が微かに揺れているのだ。頭に息をかけてはいけないと思いつつ、シャンプーの甘い香りに陶酔する。

（ああっ、なんていい匂いなんだ……）

こんな状況なのに、うっとりしてしまう。バレないように、静かに深呼吸をくり返した。

六花は額を二郎の胸板にちょこんとつけている。男に手をつかまれたのが、よほど怖かったのだろう。肩を小刻みに震わせて、こらえきれない嗚咽《おえつ》を漏らしていた。

「助けてくれて、ありがとう……うっぅぅっ」

「そんな、おおげさですよ。俺はなにもしてませんから……」

礼を言われると胸に罪悪感がこみあげる。

自分には感謝される資格などない。なにしろ、最初は助けるどころか、見て見ぬフリをしようとしていたのだ。

ところが、ふいに昨夜の美雪の言葉を思い出した。

そして、心の片隅で縮こまっていた正義感を揺り起こして、あとは無我夢中で立ち向かった。とはいっても、声をかけただけだが、男はあっさり引きさがってくれた。

（美雪さんのおかげだ……）

あの言葉がなければバックヤードの隅でじっとしているだけだった。

感謝されるのは自分ではなく美雪だ。あの言葉が背中を押してくれたので、臆病な自分を克服できたのだ。

「大下くんがいなかったら、どうなっていたか……」

背中をさすっているうちに、いくらか落ち着きを取り戻したらしい。六花が胸もとで顔をあげる。そして、濡れた瞳で二郎の顔をじっと見つめた。

「男らしいんだね」

「い、いいえ、そんな……」

二郎は激しく困惑してしまう。

息が吹きかかる距離に、六花の愛らしい顔があるのだ。激烈な羞恥で耳まで熱くなり、おどおどと視線をそらした。

（俺は男らしくなんかない。あの人と同じだよ）

先ほどの男と自分はたいして変わらない。

きっと、彼も臆病だと思う。だが、勇気を出して、六花を食事に誘ったのではないか。

それなら自分はどうなのか。

これまで誰かを好きになっても、積極的に話しかけたことはない。フラれるのが怖くて、遠くから見ているだけだった。ましてや、デートに誘ったことなど一度もないのだ。

（あの人、本気だったのかもしれないな……）

行動は褒められたものではないが、悪い人には見えなかった。だが、六花を怖がらせたのも事実だ。

あのとき、二郎が出ていかなかったら、どうなっていたのだろうか。男は意外とあっさり引きさがったかもしれない。二郎が割って入ったことで、かえって話が大きくなったのではないか。

「本当にありがとう」

こうしている間も、六花は感謝の瞳を向けている。

好感度はあがっているようだが、なんとなく複雑な気分だ。結局のところ、二郎はなにもしていない。美雪の言葉に助けられて、六花を食事に誘っている男を追い払っただけだ。

「もうすぐ閉店時間だね。いっしょに帰ろうか」

六花の言葉にドキリとする。

頰を染めながら言うから、なにか意味深な感じがしてしまう。即答できずに顔の筋肉がこわばるのを自覚した。

「大下くん、雪道はなれてないでしょう。あれだけ積もったら滑ると思うよ。助けてくれたお礼に、わたしがいっしょに歩いてあげる」

「そこまでしてもらわなくても……」

「わたしといっしょは、いや？」

六花が意外そうな眼で見あげる。

「い、いえ、決してそんなことは……」

慌てて否定すると、六花はすぐに笑みを浮かべた。

「それじゃあ、決まりね」

なにやら強引な気がしたが、とにかく六花が送ってくれるらしい。

思い返せば、先ほどの男も豪快に転倒していた。あれが二郎だったら頭を打っていたかもしれない。確かになれていないと危ない気もした。

（せっかくだから……）

こんな機会はめったにない。

これまでも六花と同じシフトに入ったことはある。だが、いっしょに帰ったことはなかった。

六花は学園のアイドル的存在だ。なにか起こるはずなどないが、並んで歩く姿を想像して少々浮かれていた。

4

「うおっ……」

コンビニを出たとたん、スニーカーがズルリと滑って声をあげる。すると、すかさず六花が腕をつかんで支えてくれた。

「気をつけてね」

「は、はい……」

腕を組む格好になり、胸の鼓動が速くなる。

二郎の肘が、ちょうど六花の乳房に触れていた。とはいっても、二郎はダウンジャケット、六花はダッフルコートを着ている。さすがにこれだけ着こんでいたら、乳房の柔らかさは伝わらない。

（でも、六花先輩のおっぱい……）

触れていると思うだけで、テンションがあがっていく。どうしても足もとに意識が向かず、またしてもズルッと滑ってしまう。

「ほら、危ないわよ」

「こんなに滑るんですね」

夏用のスニーカーでは、まともに歩けない。毎年、転倒して骨折する人が出るというのも納得だ。

六花はかわいらしいムートンブーツを履いている。底が雪道仕様になっていて滑りにくいという。これから雪がもっと降るのだから、二郎も早いうちに冬用の靴を買ったほうがいいだろう。

「ひとりじゃ、怖くて歩けないですね」

「そうよ。だから言ったでしょう。本当に危ないんだから」

この状況で六花に注意されるのがうれしい。外は凍てつくほど寒いが、頬の筋肉は緩んでいた。

「もう、なにニヤニヤしてるのよ」

「なんだか、楽しくなってきました」

一時のこととはいえ、デートをしている気分だ。

いつもの帰り道が輝いて見える。そういえば、雪が積もったことで、夜道が明るくなっていた。街路灯はポツンポツンとしかないが、あたりが雪で白くなっているため、反射して明るいのだ。

「ここ、わたしのうちなんだけど、寄っていかない？」

六花が立ちどまり、白壁のアパートを見あげた。

二階建て全八戸のこぎれいな建物だ。愛らしい六花が住むのにふさわしいアパートだと思った。

「体、冷えたでしょう。お茶でもどうかな？」

「い、いいんですか」

まさかのお誘いだ。

こんな夜遅くに、女性の部屋にあがっていいのだろうか。すでに午後十一時半をまわっている。しかし、せっかくのお誘いを断るのはもったいない。迷ったのは一瞬だけで、すぐに大きくうなずいた。

「お茶、飲みたいです」

「普通のお茶よ。あんまり期待しないでね」

六花はそう言って、楽しげに微笑んだ。

腕を組んだままアパートに向かう。六花の部屋は一階の右から二番目だ。ドアを開けると、なかに入るようにうながされた。

「お邪魔します」

緊張しながら部屋にあがる。

花にも似た甘い香りが漂っていた。石鹸なのか芳香剤なのか、それとも香水かもしれない。よくわからないが、とにかくいい匂いだ。

「適当に座ってね」

六花はそう言って、まずはストーブをつける。そして、ダッフルコートを脱いでキッチンに立つと、やかんを火にかけた。

部屋は十畳ほどだろうか。淡いピンクの絨毯が女性らしい。白いローテーブルがあり、周囲にはクッションがいくつか置いてある。壁ぎわに小型のテレビとノートパソコン、それにカラーボックスがふたつ並んでいた。

「し、失礼します」

立ちつくしているのもおかしいと思い、ダウンジャケットを脱ぐとローテーブルの前に腰をおろす。

突然、お邪魔したにもかかわらず、部屋はきれいにかたづけられている。日ごろから整理整頓しているのだろう。女性らしい清潔感溢れる部屋に、なおさら緊張してしまう。二郎はなんとか気持ちを落ち着かせようとしながら、背すじを伸ばして正座をした。

（あそこは……）

ふと白いドアが目に入った。

おそらく、その向こうは寝室だ。六花はどんな服で寝るのだろうか。パジャマなのかキャミソールなのか。いや、もしかしたら全裸かもしれない。女性は下着の跡がつくのを気にして、裸で寝る人もいると聞いたことがある。

（六花先輩のおっぱい……）

つい六花の乳房を想像してしまう。

小ぶりだが張りがあり、プルンッとしていて……先端で揺れる乳首は、きっとピンクに違いない。

「お待たせしました」

そのとき、六花がティーカップをふたつ手にして戻ってきた。

二郎は慌てて妄想を打ち消すと、背すじをピンッと伸ばす。六花はティーカップをローテーブルにそっと置いて、二郎のすぐ隣に腰をおろした。てっきり、向かい側に座ると思っていたので、なおさら緊張が高まった。

「どうして、正座をしてるの？」

六花が不思議そうに首をかしげる。

「な、なんか、緊張しちゃって……ははっ」

正直に告げると、意味もなく笑う。緊張をほぐしたい一心だったが、おかしな間が空いてしまった。

（や、やばい……俺、ヘンなこと言ったか？）

焦ることで、ますます追いつめられる。

なにしろ、女性の部屋でふたりきりになっているのだ。昨夜も美雪とふたりきりになったが、こういうシチュエーションになれていない。緊張するなというほうが無理な話だった。

「大下くんって、おもしろいわね」

六花が笑ってくれたことで、沈黙が破られた。

「さっきは堂々としていて助けてくれたのに、どうして緊張してるの。ほら、膝を崩して」

膝を軽くポンとたたかれて、ドキリとする。

深い意味はないと思う。だが、ふたりきりの状況でボディタッチされると、それだけで必要以上に意識してしまう。なにしろ、二郎は童貞だ。女性に触れられることに、まるで免疫がなかった。

（うっ……た、耐えるんだ）

ペニスが反応しそうになり、理性の力で抑えこむ。

昨夜の強烈な夢の記憶があったので、なんとかこらえることができた。あれがなければ、膝に触れられただけで勃起していただろう。それほどの昂りが全身を駆けめぐっていた。

「で、では、失礼して……」

膝を崩して胡座《あぐら》をかく。顔が熱くなっている。赤面しているのを自覚することで、ますます羞恥が強くなってしまう。

「本当に変わってるわね。もしかして、女の子が苦手なの？」

「そ、そんなことは……」

「それじゃあ、奥手なのかな？」

「そうかも……」

まともに目を見ることができず、顔をうつむかせる。

すると、六花は顔をのぞきこんで、至近距離からまじまじと見つめる。照れる二郎の反応を楽しんでいる節があった。

「なんか、かわいい」

六花の声は弾んでいる。

男として、かわいいと言われるのは不本意だ。しかし、なぜか六花に言われるといやな気はしなかった。

「わたし、ガツガツしている人が苦手なの。大下くんみたいな男の子のほうがいいかな」

六花はそう言って、にっこり笑う。

きっと言い寄ってくる男は多いだろう。なかには強引な男もいるのかもしれない。そういう連中にうんざりしているのではないか。だからといって、自分のように平凡な男がタイプとは思えない。

（からかわれてるのかな……いや、きっと勘違いしてるだけだな）

先ほど助けたことで、瞬間的に好感度があがっている。だが、時間が経てば二郎の凡庸さに気づくはずだ。でも、自分から申告する必要はないだろう。六花の部屋に招かれることなど、これが最初で最後だ。今はこの貴重な時間を大切にしたかった。

「大下くんって、彼女はいるの？」

「いえ……今はいないです」

つい小さな見栄を張ってしまう。

今どころか、過去にも彼女がいたことなど一度もない。だが、女性と交際した経験がないと言うのは格好悪い気がした。

（でも、ウソをついたわけじゃないぞ）

胸の奥がチクリと痛み、自分自身に言い聞かせる。

学園のアイドルに好意を寄せられる状況などめったにないのだ。少しくらい格好つけても罰は当たらないだろう。

「そうなんだ。最後に彼女がいたのはいつなの？」

まさか彼女のことで深掘りされるとは思いもしない。答えを用意していなかったので、一瞬、言葉につまってしまう。

「え、えっと……ずっと前です」

なんとか絞り出すが、六花は首をかしげて考えこむような表情だ。見栄を張ったのがバレてしまったのだろうか。

「ずっと前って、大学に入る前？」

「え、ええ、まあ……」

さらにつっこまれて、二郎は曖昧につぶやいた。

こうなったら話を合わせるしかない。つい格好つけたばかりに、おかしなことになってきた。

「それなら……経験はないのかな？」

六花の口から思いも寄らない言葉が飛び出す。まさか経験とはセックスのことだろうか。

（いやいや、六花先輩がそんなこと言うはずがない）

即座に心のなかで否定する。

ところが、六花は頬を微かに赤らめて、照れ笑いを浮かべていた。その顔を見た瞬間、疑念が確信に変わった。

（どうして、そんなことを……）

ふだんの六花とはイメージがかけ離れている。意外なことを聞かれて、二郎は激しく動揺した。

「ヘンなこと聞いちゃって、ごめんね」

六花はそう言うと、恥ずかしげに肩をすくめた。

二郎の動揺に気づいたのかもしれない。それでも、二郎の顔を見つめたまま話しつづける。

「大下くんって、初心《うぶ》な感じがしたから、違ってたらごめんね」

図星を指されて反論できない。もう見栄を張ることもできなくなり、二郎は顔をうつむかせて黙りこんだ。

「初雪が降ったせいかな。久しぶりに思い出しちゃって……雪女の話、聞いたことない？」

六花に質問されて、二郎は首を小さく左右に振った。

「じゃあ、童貞狩りの話も知らないよね」

いったい、なにを言い出したのだろうか。

六花は道内の出身なので、子供のころから雪女の伝承を耳にしていたのかもしれない。しかし、愛らしい顔をしているだけに、六花の口から「童貞狩り」という言葉が語られると刺激的に感じられた。

「童貞狩りって、なんですか？」

「雪女は初物が好きなんだって」

はじめて聞く話だ。

初物という言いかたが、なおさら生々しく感じる。白い着物を羽織った妖艶な雪女が、若い男にまたがって腰を振っている姿を想像した。

「童貞だと襲われるかもしれないよ」

「お、俺は……」

「経験、あるの？」

六花がまっすぐ目を見つめる。視線が重なると、心のなかをのぞかれているような気持ちになった。

「な、ないです」

ごまかすことができずに告白する。言い終わったとたん、激烈な羞恥がこみあげて顔が熱くなった。

「やっぱりそうなんだ」

自分の予想が当たっていたことに満足したのか、六花は微笑を浮かべてうなずいた。

「早く卒業したほうがいいんじゃない？」

「そんなこと言われても……」

そう簡単に童貞を卒業するチャンスなどない。思わずつぶやくと、六花が身体をすっと寄せた。

「わたしが、卒業させてあげようか」

ささやくような声だった。

六花のブラウスの腕と、二郎のダンガリーシャツの腕が触れている。女体を意識せずにはいられない。六花は微笑を浮かべているが、瞳の奥には妖しげな光が揺れていた。

「じょ、冗談……ですよね？」

まさか本気とは思えない。もちろん、本気ならうれしいが、あの六花とセックスできるはずがない。

「こんなこと、冗談で言えると思う？」

六花はしっとり濡れた瞳で見つめている。二郎の返事しだいで、このあとの展開が決まりそうだ。

「そ、卒業したいです……」

思いきって口にすると、六花は睫毛を静かに伏せる。そして、言葉を発することなく、二郎の手を取って立ちあがった。

5

白いドアを開けると、そこは六畳ほどの寝室だった。

六花が照明の豆球だけをつける。オレンジがかった光が、寝室のなかをぼんやり照らした。

ベッドとサイドテーブルが置いてあり、心なしか甘い香りが漂っている。そこで毎晩、六花が寝ていると思うだけで気持ちが昂った。

(このベッドで、今から……)

童貞を卒業できる。

しかも、相手は六花だ。また夢を見ているだけではないか。そんな気がしてくるが、六花が目の前でブラウスのボタンをはずしている。躊躇することなく脱ぎ去り、淡いピンクのブラジャーが露になった。

さらに六花は両手を背中にまわしてホックをはずすと、ついにブラジャーも取り去った。

(ゆ、夢じゃない。現実なんだ……)

思わず両目をカッと見開いた。

手を伸ばせば届く距離で、六花の乳房が揺れている。片手で収まりそうなほど小ぶりだが、肌は白くて柔らかそうだ。

夢のなかで見た美雪の乳房より小さいが、張りがあって瑞々しい。鮮やかなピンクの乳首がツンと上を向いており、控えめに自己主張している。二郎はいつしか前のめりになって、何度も生唾を飲みくだした。

「そんなに見つめられたら、穴が開いちゃうわ」

六花はそう言いつつ、どこかうれしそうだ。

スカートをゆっくり脱ぐと、淡いピンクのパンティに指をかける。そして、二郎のギラつく視線を意識しながら、腰をくねらせるようにしてパンティをじりじりおろしていく。

「あぁンっ、大下くんの視線が熱い……」

六花は色っぽいため息を漏らして頬を赤く染める。

もしかしたら、見られていることで興奮しているのかもしれない。片足ずつ持ちあげてパンティをつま先から取り去ると、生まれたままの姿になった。

（す、すごい……）

二郎は呼吸するのも忘れて、目の前の女体を見つめていた。

恥丘に茂る陰毛は意外と濃くて黒々としている。夢のなかではあるが、美雪は地肌が透けて見えるほど薄かった。ふたりを比べることで、なおさら興奮がふくれあがる。

（六花先輩、こんなに濃いんだ……）

愛らしい顔からは想像できないほどの剛毛だ。

肌が白いため、なおさら陰毛の黒さが強調されているのかもしれない。とにかく、意外にも濃厚な陰毛が、彼女の隠されていた本性を現している気がする。思いのほか積極的で、二郎は完全に気圧《けお》されていた。

「大下くんも脱いで」

「は、はい……」

うながされて服を脱ぎ捨てる。ボクサーブリーフをおろすと、勃起したペニスが勢いよく跳ねあがった。

「大きい……」

六花がぽつりとつぶやいた。

直後に恥ずかしそうに肩をすくめる。どうやら、無意識に口走ってしまったらしい。それでも、ペニスから視線をそらそうとしない。そして、右手をすっと伸ばして、いきなり竿に巻きつけた。

「うっ……り、六花先輩……」

思わず呻き声が漏れてしまう。

バットのように硬くなったペニスを、柔らかい指でつかまれているだけで気持ちいい。それだけではなく、六花は手首を返して、太幹をゆるゆるとしごきはじめた。

「くううっ」

「硬い……すごく硬いよ」

六花がひとりごとのようにつぶやき、竿の硬さを確かめるようにときおりギュッと握りしめる。それがまた刺激となり、尿道口から透明な我慢汁がどっと溢れ出した。

（ま、まさか、こんなこと……）

六花の大胆な行動に驚かされる。

どうやら、こういった行為になれているらしい。いっさい躊躇することなくペニスをしごいている。それだけではなく、左手を二郎の胸板にあてがうと、乳首をクニクニといじりはじめた。

「そ、そこは……」

「気持ちいいでしょう。男の人も乳首が感じるんだよ」

六花が楽しげにささやく。そして、硬くなった乳首を指先でキュッとやさしくつまみあげた。

「ううッ」

「ほら、オチ×チンがピクッてなったよ。気持ちいいんだね」

まさか六花の口からそんな言葉が出るとは思いもしない。ふだんの姿からは想像ができないほど、男を奮い立たせる愛撫がうまかった。

「り、六花先輩が、こんなこと……」

「もしかして、意外だった?」

「え、ええ、まあ……」

「じつはさ、最近、彼氏と別れちゃったから、ちょっと欲求不満ぎみだったんだよね」

六花は口もとに笑みを浮かべながら、ペニスと乳首に愛撫をつづける。

清純なイメージだったので、欲求不満とは驚きだ。思っていた女性とは違うのかもしれない。それでも、彼女の魅力が損なわれることはない。むしろ、本当の姿をさらしてくれたのがうれしかった。

「大下くんが助けてくれたとき、キュンッてなったの。童貞っぽかったから、食べちゃおうかなって思ったんだ。横になろうか」

六花に誘導されて、ベッドの上で仰向けになる。六花は添い寝をするような格好で、裸体をぴったり寄せた。

愛らしい乳房が腕に触れて、プニュッとひしゃげている。柔らかい感触が気になって仕方がない。ペニスがますます硬くなり、溢れつづける我慢汁で亀頭がぐっしょり濡れていた。

「いっぱい感じさせてあげる」

六花が耳孔に熱い息を吹きこみながらささやく。そして、乳首に唇を寄せると舌先で舐めはじめる。甘い刺激が波紋のようにひろがるなか、再び太幹を握ってやさしくしごき出した。

「ううっ……」

「ああンっ、すごい。大下くんのオチ×チン、カチカチになってるよ」

六花はうれしそうだが、このままではあっという間に達してしまいそうだ。早くも射精欲が盛りあがっていた。

「す、すぐに出ちゃいます」

「大丈夫よ。童貞なんだから、何回でもできるでしょう」

ペニスが小刻みに震え出すが、六花は意に介する様子がない。太幹をしこしこ擦りつづけて、二郎の性感を追いこんでいく。

「くううッ、ほ、本当に出ちゃいますっ」

「いいよ。イクところ見せて」

六花の言葉が引き金になる。細い指がカリ首を擦った瞬間、ついに快感が限界を突破した。

「くおおおッ、で、出る出るっ、ぬおおおおおおおッ！」

柔らかい手のなかで、ペニスが大きく反り返る。激しく脈動しながら、尿道口から白濁液が噴きあがった。二郎の雄叫びが響くなか、噴き出した精液が白い放物線を描き、自分の腹の上にベチャッと落下した。

「ああっ、すごいわ」

六花が興奮した声でつぶやく。その間も指をしこしこ動かしつづけて、さらなる快感を送りこんできた。

「も、もうっ……おおおッ」

休むことなく刺激されることで、さらなる愉悦の波が押し寄せる。射精欲はしぼむどころか、さらにふくれあがり、まるで間歇泉《かんけつせん》のようにザーメンが二度三度と噴出した。

「こんなにいっぱい……」

濃厚な牡のにおいがひろがるが、六花は大きく吸いこんでうっとりする。そして、臍の周辺に飛び散ったザーメンを濡れた瞳でじっと見つめた。

「ううっ……ううっ」

もう、二郎は呻き声を漏らすことしかできない。射精の悦びにまみれて、全身が小刻みに震えていた。

「ピクピクしちゃって、そんなに気持ちよかったの？」

耳もとで六花の楽しそうな声が聞こえる。

童貞の二郎を追いあげたことで興奮しているのは明らかだ。呼吸が荒くなっており、耳に熱い息が何度も吹きかかった。

6

「ど、童貞が好きなんですか?」

絶頂の余韻のなか、二郎は震える声で問いかけた。

「純情な男の子は素直でかわいいもの。育てる喜びがあるし、わたしのことをずっと好きでいてくれそうでしょう」

六花の言葉は意外なものだった。

男らしくリードできるほうがモテるのだと思っていた。もちろん、そういう男が好みの女性もいるだろう。その一方で、初心な男を自分色に染めあげることに喜びを感じる女性もいるのだ。

「六花先輩、まさか雪女じゃないですよね?」

ふと思いついたことを口にする。先ほど聞いたばかりの話が、脳裏に浮かんでいた。

「さあ、どうでしょう?」

六花は口もとに笑みを浮かべると、身体を起こして二郎の股間にまたがる。

足の裏をシーツにつけて、和式便器でしゃがみこむような格好だ。膝を左右に大きく開いた状態なので、股間の奥があからさまになる。濃厚に生い茂った陰毛の下に、女の源泉が息づいていた。

(あ、あれが、六花先輩の……)

無意識のうちに首を持ちあげて凝視する。

陰唇はミルキーピンクで形崩れがほとんどない。割れ目から透明な愛蜜が溢れており、ヌラヌラと濡れ光っていた。

(美雪さんと全然違う……)

目を閉じれば、毒々しいほど赤い陰唇が瞼の裏に浮かんだ。

夢だということを忘れたわけではない。すべては二郎の妄想だが、つい比べてしまう。それほどリアルな夢だった。

「ドキドキするね」

六花は右手で硬くなった太幹をつかむと、亀頭を膣口に誘導する。

先端が軽く触れただけで、我慢汁と愛蜜が混ざってピチャッと淫らな音を立てた。陰唇の柔らかさと熱さが伝わり、期待が高まっていく。

（い、今から本当に……）

ついに童貞を卒業する。

そう思うだけで全身の血液が沸騰して、ペニスがさらにひとまわり大きく膨張した。

「挿《い》れるよ」

六花がささやき、腰をゆっくりおろしていく。亀頭の先端が膣口にヌプッと沈みこんだかと思うと、そのまま腰を一気に落とした。

「はあああッ、お、大きいっ」

「くううウッ」

六花の喘ぎ声と二郎の呻き声が重なり、寝室の空気を震わせる。

股間に視線を向ければ、肉柱がまったく見えなくなっていた。ペニスが根もとまで膣にはまり、ふたりは深い場所でつながったのだ。

（入ってる。六花先輩のなかに……）

記念すべき初体験だ。

熱い媚肉でペニスを包まれるのは最高に気持ちがいい。我慢汁がどっと溢れ出して、射精欲が刺激される。慌てて全身の筋肉に力をこめると、押し寄せる快感を抑えこんだ。

しかし、期待していたほどの感動はない。

これが生まれてはじめてのセックスだ。いつか経験したいと思っていたことが現実になったのだ。それなのに、なぜかはじめての感じがしない。初体験のはずなのに、この快楽を知っている気がしてならなかった。

(あの夢のせいだ……)

リアルすぎる夢を見たことで、初セックスの感動が薄れていた。夢のなかと同じ騎乗位なのも、新鮮味を削ぐ原因になっている。

だからといって、快感まで薄れているわけではない。華蜜まみれの膣襞がうねり、太幹の表面を這いまわると、たまらず声が漏れてしまう。カリの裏側までくすぐられて、全身にこらえきれない震えが走った。

「ううぅッ、き、気持ちいいっ」

「大下くんのはじめて、もらっちゃった」

六花が目を細めてささやく。そして、両手を二郎の腹につくと、腰をゆったり上下に振りはじめた。

ペニスが濡れた膣でしごかれる。ヌプヌプと出し入れすることで、無数の膣襞が複雑にからみつく。猛烈に締めつけられたと思ったら、まるでしゃぶるように這いまわり、太幹をやさしく刺激するのだ。

「そ、そんなに動いたら……くおおおッ」

両手でシーツをつかんでかきむしる。無意識のうちに股間を突きあげて、ペニスがより深く膣のなかに入りこんだ。

「あンンッ、大きいから奥まで届いちゃう」

六花が喘いで、腰の動きを小さくする。

亀頭が奥に届くと、感じすぎてしまうらしい。腰を最後まで落とさず、中腰の状態で振っている。その結果、ペニスは膣の浅瀬だけで、ヌプヌプとしごかれていた。

(も、もっと……)

強い刺激がほしい。これでは生殺しだ。激しく腰を振って、大きな快楽を与えてほしかった。

「り、六花先輩……」

我慢できずに両手を伸ばすと、目の前で揺れる乳房を揉みあげる。小ぶりだが柔らかくて、指先が簡単に沈みこむ。ゆったりこねまわしては、愛らしい乳首を指先で転がした。

「あアッ、じょ、上手ね。はじめてじゃないみたい」

六花が甘い声を漏らして、女体をヒクつかせる。

二郎の愛撫で感じているらしい。しかし、腰の動きは相変わらず小さくて物足りない。焦れるような快感だけを与えられて、焦燥感が募っていく。二郎はたまらなくなり、再び股間を突きあげた。

「はああアッ、う、動かないで」

「で、でも……」

「奥は弱いの……気持ちよくしてあげるから、じっとしてて」

六花が潤んだ瞳で見おろして、腰を艶めかしくよじらせる。両手を二郎の腹に置き、尻を上下に弾ませた。

「あっ……あっ……」

切れぎれの喘ぎ声も二郎の欲望を刺激する。唇を半開きにした表情も色っぽくて、興奮がどんどんふくれあがっていく。

(でも、これだけじゃ……)

射精できそうにない。

美雪だったら、もっと激しく腰を振ってくれるのではないか。美雪とセックスしたわけでもないのに、なぜか確信めいた思いがこみあげる。とにかく、強い刺激がほしくてたまらない。

「お、俺、もう……六花先輩っ」

二郎は上半身を起こすと、騎乗位でつながった六花の身体を抱きしめる。一瞬だけ対面座位の体勢になって位置を入れ替えると、六花を仰向けに寝かせて覆いかぶさった。

「な、なにをしてるの？」

困惑の声を漏らして、六花が下から二郎を見あげる。突然のことに驚き、明らかに警戒していた。

「本当にはじめて？」

「も、もちろんです。この格好でやりたいんです」

「いいけど……」

「じゃ、じゃあ、動きます」

二郎はそう言うなり、腰を振りはじめる。

はじめての正常位なので、動きはぎこちない。しかも興奮しているため、ペニスをまっすぐピストンできなかった。

「あンっ……ゆっくりよ。焦らないで」

六花が落ち着いた声で指示を出す。はじめてだと信じてくれたようだ。両手を二郎の腰の振り方が下手なので、ピストンのリズムを教えてくれる。

二郎の尻にまわしこむと、ピストンのリズムを教えてくれる。

「慌てないで、ゆっくり」

「こ、こうですか」

逸《はや》る気持ちを抑えて、スローペースで腰を振る。

少しずつ角度を変えているうちに、だんだんコツがつかめてきた。思ったよりも低い位置で動かないと、ペニスはスムーズに出入りしない。シーツについている膝も徐々にずらして、やがてベストの体勢を発見した。

「あンっ、そう……ああンっ、上手よ」

六花が甘い声をあげながら褒めてくれる。

どうやら、亀頭が感じる場所を擦っているらしい。くびれた腰を右に左にくねらせて、膣のうねりも大きくなっている。愛蜜の量も増えているらしく、ペニスを出し入れするたびに湿った音が響きわたった。

「ううッ、す、すごいですっ」

感じているのは二郎も同じだ。ピストンを少しずつ速くして、ペニスを深い場所まで送りこむ。亀頭が膣の行きどまりに到達すると、とたんに膣の締まりが強くなった。

「あううッ、ふ、深いっ」

女体がビクッと反応する。六花の顎が跳ねあがり、背中が弓なりに大きく仰け反った。

「し、締まるっ、くうううッ」

二郎もたまらず声を漏らした。

ようやく求めていた快感が押し寄せて、腰に小刻みな震えが走り抜ける。ペニスがブルルッと震えるのがわかり、我慢汁が大量に噴き出した。

「お、奥はダメ……」

六花はそう言うが、奥まで突きこんだほうが気持ちがいい。ペニス全体が膣粘膜に包まれて、きつく締めあげられるのだ。強烈な締めつけを味わいたくて、二郎は思いきり腰を振りはじめた。

「気持ちよすぎて……おおおッ」

「あうッ、ちょ、ちょっと──はううッ」

強く突くと、六花の女体が跳ねあがる。

やはり膣の奥が感じるらしい。それなら遠慮する必要はない。六花の声を無視して、欲望にまかせたピストンを開始する。

「気持ちいいっ、六花先輩っ、おおおッ」

「ああッ、ダ、ダメっ、奥っ、あああッ」

口では拒絶しているが、六花も感じているのは間違いない。その証拠に華蜜の量が増えており、膣の締まりも増していた。

「おおおッ……おおおおッ」

「あうッ、い、いやっ、あああッ、感じすぎちゃうっ」

六花は両手を伸ばして二郎の胸板を押し返す。

どういうわけか、感じすぎることを恐れているらしい。喘ぎながらも懸命に抗うが、二郎は構うことなく腰を振りつづける。膣の締まりはさらに強くなり、快感が爆発的にふくれあがった。

「くおおおッ、き、気持ちいいっ」

射精欲をごまかそうと、腰の動きを緩めて乳房にむしゃぶりつく。柔肉を揉みあげながら、乳首を口に含んで舌で転がした。

「あンンッ、ダ、ダメぇっ」

六花の甘い喘ぎ声が、聴覚からも欲望を煽り立てる。

長持ちさせようとしてはじめた愛撫が、結果として二郎の射精欲を追いつめていた。

「も、もうっ……おおおッ」

抑えられずに腰の動きが加速する。

一度射精しているとはいえ、さすがにこれ以上は耐えられない。なにしろ、二郎はこれがはじめてのセックスだ。六花を組み伏せて腰を振り、欲望を貪りつづける。強烈な快感がペニスを包みこみ、いよいよ射精欲が限界を突破した。

「ぬおおおおッ、り、六花先輩っ」

「つ、強いっ、そんなに奥ばっかり、ひあああああッ!」

六花の唇から甲高い喘ぎ声がほとばしる。

その直後、女体が激しく仰け反り、股間から透明な汁がプシャアアアッと勢いよく噴きあがった。

これは潮に違いない。しかも、ペニスを挿入した状態なので、いわゆるハメ潮というやつだ。六花の激しい反応を目の当たりにして、頭のなかで紅蓮《ぐれん》の炎が燃えあがった。

「うおおおッ、で、出るっ、くおおおおおおッ！」

二郎も思いきり欲望を爆発させる。ペニスを根もとまで埋めこんだ状態で、ザーメンを勢いよく放出した。

「い、いやっ、み、見ないでっ、ああああああっ！」

六花は艶めかしい声を振りまき、女体をガクガクと痙攣させる。その間も透明な汁が股間から飛び散っていた。

まさか、六花が潮を吹くとは思いもしない。顎を跳ねあげてヒイヒイ喘ぎながら、射精中のペニスをこれでもかと締めつける。ピストンがとまらなくなり、亀頭で膣奥を延々とたたきつづけた。

「あうッ、ダメっ、もうダメっ、あううッ」

六花はそう言いながら、いつしか二郎の尻たぶに両手をまわしている。自分で強く引きつけて、子宮口に亀頭をグリグリと押し当てていた。

「くうううッ、き、気持ちいいっ」

ペニスを咥えこんだ状態で、膣道が蠕動をくり返す。精液を強引に搾り取られて、意識が遠のくほどの快感が全身にひろがった。

7

全身がじっとり汗ばんでいる。

ハアハアという呼吸の音だけが響いていた。

ふたりは並んで仰向けになり、無言で天井を見つめている。乱れた呼吸が回復するまで、しばらくかかった。

(危なかった……)

快感が大きすぎて、気を失いかけた。

あと少し結合を解くのが遅れていたら、今ごろ意識がなかっただろう。脳髄まで痺れるほどの愉悦だった。

「もう……ダメだって言ったのに……」

六花が小声でつぶやいた。

怒っているが、どこか満足げでもある。潮を吹いたのだから、感じていたのは間違いない。

「奥は弱いって言ったでしょう。おかげで……」

六花は手のひらでシーツをそっと撫でた。

潮でぐっしょり濡れている。もしかしたら、マットレスまで染みているかもしれない。膣の奥を突くと潮を吹いてしまう体質なのだろう。それがわかっているから、騎乗位のときに奥まで挿入しなかったのだ。

「すごく恥ずかしいんだよ。絶対、誰にも言わないでね」

甘くにらみつけられて、二郎は慌てて何度もうなずいた。

「大下くん、はじめてじゃないでしょう」

「えっ……は、はじめてですよ」

まさかそんなことを言われるとは意外だった。正常位に移行してからは、あっという間に達したのだ。自分では早すぎて恥ずかしいと思っていたが、彼女の印象は違ったらしい。

「わたしが上になったとき、大下くん、ずいぶん余裕があったじゃない。本当に童貞だったら、すぐに我慢できなくなるはずよ」

六花は愛らしい顔に怒りを滲ませた。

これまでの相手は簡単に射精していたのだろう。ところが、二郎は射精しないばかりか、正常位に移行して腰を振りまくったのだ。

「まさか、潮まで吹かされるなんて……」

六花はそう言って、顔をまっ赤に染めあげる。

童貞にそんな技術があるはずがない。たまたま亀頭が彼女の感じる場所に届いただけだ。しかし、二郎は簡単にイカなかったのだから、彼女がおかしいと思うのは当然のことだった。

「童貞のフリをしたのね」

「ち、違うんです」

「なにが違うっていうの？」

疑惑の眼差しを向けられて、二郎は言葉につまってしまう。

確かに快感は強かったが、前日に淫らな夢を見ている。だから、二度目の初体験をした気分だ。夢の強烈な記憶が残っていたため、六花の奥を突かないようにする腰の振りかたが、物足りなく感じてしまった。

「俺、本当に……」

二郎は途中で黙りこんだ。

童貞だったことを証明する術はない。自己申告したところで、信じてもらえるとは思えなかった。

それに「俺は本当に童貞だったんだ」と懸命に主張するのも格好悪い。六花は完全に疑っている。もう、なにを言っても無駄だろう。下手な言いわけをしていると、よけいに怒らせてしまう気がした。

「でも、すごく気持ちよかったから許してあげる」

急に六花が微笑んだ。

とまどいながらも、ほっと胸を撫でおろす。誤解がとけたわけではないようだが、とりあえず怒りが治まってよかった。

「だけど、大下くんとはつき合えないな。わたし、やっぱり初心な男の子のほうが好きなの」

「そうですか……」

残念に思うが、心底落ちこんでいるわけではない。二郎の頭の片隅には、常に美雪の姿があった。

(夢に見ただけなのに……)

どういうわけか気になって仕方がない。

初体験の相手は、一生忘れられないと聞いたことがある。しかし、今の二郎にとって、六花よりも美雪のほうが気になる存在だった。

「童貞が好きだなんて、わたし、本当に雪女みたいね」

六花が独りごとのようにつぶやいた。

すっかり機嫌が直っている。六花は自分のセリフが気に入ったのか、楽しげにふふっと笑った。

第三章　黒い下着の人妻

1

　翌朝、すがすがしい気持ちで目が覚めた。

　すぐに昨夜のことが脳裏によみがえる。ついに大人の仲間入りをしたのだ。童貞を卒業したと思うと、胸に喜びがこみあげる。冬の冷えきった空気も心地よく感じるから不思議だった。

　これで友人たちがセックスの話をしていても、卑屈に感じることはない。童貞なのに、見栄を張って経験があるフリをする必要はないのだ。

　浮かれてスキップしたい気分だが、今日の大学の講義は午後からだ。今日は午前中のうちに冬用の靴を買いに行くと決めていた。昨夜、六花のアパートから帰る途中、二度も転倒してしまったのだ。

このままでは、そのうち大怪我をしてしまう。北海道育ちの人でも、冬用の靴を履く人がほとんどだという。東京出身の二郎が、普通のスニーカーで冬を越すことなどできるはずがない。

ということで、ベッドから起きあがって顔を洗う。そして、インスタントコーヒーとトーストで簡単な朝食を摂《と》った。

外に出ると気持ちよく晴れ渡っていた。

雲ひとつない青空から眩い日の光が降り注いでいる。道路には雪が積もっており、キラキラと反射していた。

(今日はいないのか……)

アパートの周辺を見まわして、心のなかでつぶやく。

美雪の姿がなかった。二日連続で会っていたので、今朝も会える気がしていた。期待していただけに落胆は大きかった。

雪が積もった道路を慎重に歩いていく。何度も滑りそうになりながら、なんとかバス停までたどり着いた。

このあたりは田舎なので、コンビニと小さなスーパーしかない。ちょっとした買い物になると、いちいちバスに乗って駅前の商店街まで出なければならないのは不便だった。

やがて到着したバスに乗りこんだ。乗客は老人が数人だけでガラガラだ。二郎は座席に腰かけると、車窓の景色に視線を向けた。

（こんなに積もったのか……）

牧草地も林も雪でまっ白になっていた。

木々の枝は、まるで綿で包んだようにモコモコしている。夏とは景色がまったく違う。道路の白線や目印にしていた大きな木も雪をかぶっているので、どこを走っているのかわからなくなるほどだった。

しかし、美雪が言っていたように、雪に包まれた世界は美しい。自分で運転すれば、きっと気持ちいいと思う。

（車があればな……）

そんなことを考えるが、学生には贅沢な代物だ。そもそも二郎は運転免許証を持っていなかった。

学生のうちに免許を取りたいと思う。

すぐに車を買うことはできないが、レンタカーなら借りられる。いつか助手席に美雪を乗せて、ドライブデートができたら最高だ。

(なにを考えてるんだ……)

はっと我に返り、自分を戒める。

ここのところ、すぐに美雪のことが脳裏に浮かんでしまう。だが、冷静になって考えると、人妻をデートに誘うのはどうかと思う。そもそも美雪が応じてくれるとは限らない。

(なにを勘違いしてるんだ)

心のなかで自分に言い聞かせる。

手料理をご馳走になり、距離が近くなったと思いこんでいた。だから、あんな淫らな夢を見てしまったのだろう。

だが、美雪からすれば、二郎は入居者のひとりにすぎない。たまたま寒そうにしているのを見かけたから、かわいそうに思って晩ご飯を振る舞ってくれただけだろう。

自分の勘違いっぷりがおかしくて苦笑を漏らしたとき、バスが駅前の停留所に到着した。

アパート周辺より雪は少ないが、滑ることに変わりない。むしろ交通量と人通りが多い分、雪が踏み固められてスケートリンクのようになっている。慎重に商店街を歩いて、なんとか靴屋に入ることができた。

東京だったら素通りしそうな小さな店だが、冬用のスニーカーやブーツ、長靴などがたくさん並んでいた。

二郎はくるぶしまで隠れるハイカットのスニーカーを手に取った。すぐに店長らしきおじさんが近づいてきた。その人の説明によると、完全防水になっているため、深い雪のなかを歩いても足が濡れないという。そして、なにより底が滑りにくい形状になっているらしい。

（これで本当に滑らないのか？）

声にこそ出さなかったが、靴底を見た感じではピンと来なかった。

そんな二郎の気持ちが顔に出ていたのかもしれない。おじさんはむきになって説明をはじめた。

「この靴の底は、冷えても硬くならない特殊なゴムでできてるんだ。だから、雪道でも路面にしっかりフィットするわけ。キミが履いている夏用の靴は、冷えるとゴムが硬くなっちゃうから滑るんだよ」

「へえ、そうなんですか」

まだ半信半疑で、気のない返事をする。靴を売りたいから、調子のいいことを言っているだけかもしれないと思った。

「キミ、北海道の人じゃないでしょ」

「えっ、どうしてわかるんですか?」

いきなり図星を指されてたじろいだ。

「道民は冬にキミみたいな靴を履かないよ。こっちの靴は、見た目は夏用とあまり変わらないけど、履いてみたら全然違うよ。スキー場にも履いていけるスノトレだからね」

おじさんが熱心に勧めるので、それに決めた。

さっそく買ったばかりのスニーカーを履いて帰ることにする。履いてきた靴を紙袋に入れてもらって外に出た。

(おっ、本当だ。これなら歩けるぞ)

一歩目で違いがわかった。

感動すら覚えるほど歩きやすい。まったく滑らないわけではないが、夏用とは比べものにならないほど楽だ。こんなに違うのなら、もっと早く買っておけばよかった。

2

（今日は美雪さんに会えないのかな……）

二郎はコンビニのアルバイトを終えて、雪道をとぼとぼ歩いていた。

今日は午前中に靴を買うと、そのまま大学に向かった。講義に出席して、次はバイトだ。アパートには帰らずコンビニに直行すると、閉店の午後十一時まで働いた。

六花といっしょになったら気まずいと思ったが、今日はほかの人がシフトに入っていた。

いずれにせよ、一夜だけの関係だ。少し淋しい気もするが、時間が経てば過去の話になってしまうのだろう。学園のアイドルに筆おろしをしてもらったのは最高の思い出になった。

（もう、こんな時間か……）

すでに午後十一時半をまわっている。

美雪に会いたいが、さすがに無理だと思う。朝ならともかく、この時間に雪かきをすることはないだろう。今日は一度も美雪の顔を見ていないので、なんとなく淋しかった。

今夜は雪こそ降っていないが、かなり冷える。もしかしたら、零下になっているのではないか。

こういう日は、とっとと寝るに限る。早くアパートに帰って、シャワーを浴びて横になろう。そんなことを考えながら、月明かりに照らされた道路を早足で歩いていく。

右手には夏用のスニーカーが入った紙袋をぶらさげていた。

冬用の靴は驚くほど歩きやすい。スピードをあげても大丈夫だ。多少は滑ることもあるが、慌てるほどではなかった。

（ううっ、寒い……）

前方に見える角を曲がったら、あと少しでアパートだ。

自然と歩く速度があがっていく。ところが、角を曲がったところで、二郎はピタリと立ちどまった。

（なんだ？）

少し先の路上になにか黒いものがある。

道路と家の敷地のちょうど境目あたりだ。前屈みになって目を凝らす。黒いゴミ袋が放置されているのだろうか。不思議に思ったそのとき、突然、黒いものが動いた。

「ひっ……」

とっさに情けない声が漏れてしまう。まさか動くと思わず、飛びあがりそうなほど驚いた。

だが、すぐに冷静さを取り戻す。それは黒いゴミ袋ではなく、黒い服を着た人がうずくまっているだけだった。ちょうどこちらに背中を向けていたので、人だとわからなかった。

「うぅっ……」

苦しげな呻き声が聞こえる。

どうやら女性らしい。黒いコートに黒いフレアスカートという服装だ。滑って転倒したのだろうか。打ちどころが悪かったら大変なことになる。とにかく急いで駆け寄った。

「痛っ……」

女性はスカートの上から尻をしきりに擦っている。

どうやら頭は打っていないようだ。転んで尻餅をついたのかもしれない。こういうとき、恥ずかしさが先に立ち、声をかけられたくない人もいる。とくに女性はその傾向が強い気がする。

「あの、大丈夫ですか?」

迷ったすえ、遠慮がちに声をかけた。

——大丈夫です。

そんな答えが返ってくると想定していた。そのときは、速やかに立ち去るつもりだ。

「て、手を貸していただけませんか」

意外な言葉だった。

女性が苦しげな声でつぶやいたので慌ててしまう。まったく想定していなかった反応だ。思いのほか大きな怪我をしているのかもしれない。二郎は紙袋を投げ出すと、彼女の前にまわりこんだ。

「お手伝いします」

「す、すみません」

女性が恐縮しながら両手を差し出す。

二郎はその手をそっとつかんだ。ひんやりとした感触にドキリとする。すっかり冷えきっているが、なめらかな肌触りだ。成り行きとはいえ、女性の手を握っている。意識すると緊張して、指先が震えてしまう。

「ゆ、ゆっくり起きてください」

慎重に彼女の手を引いていく。自分まで転ばないように、両足でしっかり踏んばった。

「あっ……」

女性はなんとか立ちあがるが、ふらついて二郎に寄りかかる。

どこかが痛んで力が入らないのかもしれない。慌てて腰に手をまわすと、よろめく女性を抱きとめた。

「ご、ごめんなさい。お尻が痛くて……」

「お、俺のほうこそ、すみません」

二郎は手をぱっと放して謝罪する。

とっさのこととはいえ、見ず知らずの女性を抱きしめてしまったのはまずいと思った。

「謝らなくてもいいのよ。わたしを支えようとしてくれたんでしょう。ありがとう、助かったわ」

女性はそう言って、長い髪をかきあげた。

（あれ、この人……）

顔がはっきり見えてはっとする。

コンビニによく来る客だ。常連客の顔をすべて覚えているわけではないが、彼女は美人なので印象に残っていた。

年齢は二十代後半だろうか。落ち着いた雰囲気の女性だ。ウエーブのかかった明るい色の髪とやさしげな目もとが特徴的で、どこか上品な感じがする。いつも牛乳と卵を買っていくのを覚えていた。

（きっと人妻だよな……）

先ほど握った彼女の手に、視線をチラリと向ける。

左手の薬指にリングが光っていた。これほどの美女と結婚できるのは、どんな男だろうか。おそらく、美男美女のカップルに違いない。女性とつき合った経験すらない二郎にとっては、結婚など夢のまた夢だった。

「あら？」

彼女が小さな声をあげる。そして、二郎の顔をじっと見つめた。

「もしかして、コンビニの方？」

意外な言葉だった。

とくに特徴のない地味な顔だと自覚している。身長も体重もごく平均的だ。そんな自分のことを、どうして覚えていたのだろうか。もしかしたら、失礼なことでもあったのではないか。

「バ、バイトをしています」

背すじを伸ばして答える。なにを言われるのかと緊張が高まった。

「やっぱり、そうだったのね。いつも一所懸命やっているから、印象に残っていたの」

彼女は目を細めると、やさしげな笑みを浮かべた。

ほっとして肩から力が抜ける。

「それにしても、恥ずかしいところを見られてしまったわ。内緒にしてね」

「は、はい、もちろんです」

二郎が即答すると、彼女は満足げにうなずいた。

「やっぱり夏用のパンプスでは危ないわね。旅行から帰ってきたところなの。初雪が降ったのは知っていたけど、こんなに積もっているとは思わなくて」

「旅行中に積もったんですね」

「ええ、女のひとり旅なの。優雅でしょう」

尋ねたわけでもないのに彼女は勝手に話している。

顔は知っているが、コンビニのアルバイトと客でしかない。なんとなく違和感を覚えたが、くわしく訊いてみるほどの関係ではなかった。

「出かける前と景色が変わっていて、びっくりしちゃったわ」

「一昨日の初雪から一気に積もったんです」

「そうだったのね。油断しちゃったわ」

彼女はそう言って微笑を浮かべる。

最終のバスを降りて、歩いていたときに転んだのだろう。かたわらには、スーツケースが置いてあった。

「よろしければ、運びますけど……」

遠慮がちに申し出る。

よけいなことかもしれないが、夏用のパンプスで歩くのは無謀だ。しかも、荷物があると手がふさがるので、転んだときがなおさら危ない。昨夜は自分も転倒しているので放っておけなかった。

「すぐそこなの。お願いしてもいいかしら」

「俺はスノトレなんで大丈夫です」

自分の紙袋と彼女のスーツケースをぶらさげる。すると、彼女が腕をすっと組んできた。

「また転びそうだから」

「そ、そうですよね。危ないですから、しっかりつかまってください」

平静を装って答えるが、距離が近くなって緊張する。

とにかく、家まで送っていかなければならない。彼女の歩調に合わせて、ゆっくり歩きはじめた。

「ところで、お名前をうかがってもいいかしら」

腕をしっかり組んだまま、彼女が尋ねてくる。

別に隠す必要もないので素直に答えた。すると、彼女もあっさり名前を教えてくれる。長山千冬《ながやまちふゆ》、近所に夫婦で住んでいるという。

「二郎さんは大学生なんでしょう？」

さりげなく「二郎さん」と呼ばれて、なんとなく照れくさい。だが、悪い気はしなかった。

「はい、一年生です」

「じゃあ、まだ十八歳か十九歳？」

「いえ、二浪しているので、もう二十歳です」

浪人のことを口にするのは恥ずかしいが、少しでも大人に見られたい。そんな気持ちから正直に答えていた。

「二十歳なのね」

千冬はそう言って黙りこむ。そして、しばらくすると再び口を開いた。

「二郎さんくらいの年だと、七つ年上の女はおばさんよね？」

そうやって聞くということは、千冬は二十七歳なのではないか。

大学の同級生と比べれば落ち着いているが、だからといっておばさんだとは思わない。実際、今こうして腕を組んでいるだけでドキドキしている。気を抜くとペニスまで反応しそうだ。

「俺はおばさんとは思いません」

ここはそう言うしかないだろう。実際、コンビニの客のなかでも、目立ってきれいな女性だ。

「アリかナシかで言ったら？」

「もちろんアリです」

千冬の言葉にかぶせぎみで即答する。

答えてから、ふと疑問が湧きあがった。どうして、そんなことを聞くのだろうか。千冬ほどきれいな女性だからこそ、まわりからどう思われているのか、気になって仕方がないのかもしれない。

「二郎さんはどこに住んでいるの？」

「真白荘っていうアパートです」

「ああっ、真白荘ね。あそこの大家さん、あんまり見かけないわね。でも、旦那さんはもっと見ないのよね」

近所に住んでいても、会うことは少ないらしい。なんとなく含みのある言いかたが気になった。

「俺も、旦那さんには一度も……なにかあったんですか？」

さりげなく話を振ってみる。

美雪は山に行ったきり、戻らないと言っていた。詳しく知りたかったが、なんとなく聞いてはいけない気がした。

「よくは知らないんだけど、旦那さんは蒸発したらしいって噂は聞いたことがあるわ」

「蒸発って、いなくなっちゃったってことですよね」

美雪の話とだいぶ違う。

噂なら、どこかで話がねじ曲がっている可能性もある。美雪から聞いた話のほうが、信憑性が高い気がした。

「事件とかにはなっていないから、たいしたことではないと思うけど、それがいつのことなのかも全然わからないの」

千冬はそう言って首をかしげた。

やはり詳しいことは知らないようだ。ぼんやりした情報で、なにひとつ核心に触れていない。とにかく、旦那はいないらしい。結局、わかっているのはそれだけだった。

「ここよ」

千冬が足をとめた。

目の前にあるのは二階建ての一軒家だ。周囲の家より、明らかにひとまわり大きかった。

「荷物、運んでもらってもいいかしら」

千冬にそう言われて、玄関までスーツケースを運んだ。

「では、これで」

二郎が帰ろうとすると、手首を強くつかまれた。

「なかまで運んでもらえる？」

「でも、旦那さんは？」

「出張中なの。だから、お願い」

「は、はい……」

とまどいながらも返事をする。

てっきり玄関までだと思ったが、お願いされたら断れない。このスーツケースは意外と重いので、女性が運ぶのは大変だろう。しかし、他人が家のなかに入ることに抵抗はないのだろうか。

とにかく、千冬につづいて家にあがる。スーツケースをぶらさげて、リビングに足を踏み入れた。

二十畳はありそうなリビングだ。重厚感のあるソファセットがL字形に配置されており、壁には大画面の液晶テレビが取りつけられている。一枚板のローテーブルにはクリスタルの灰皿が置いてあった。

「そのへんにお願い。すぐにお茶を入れるわね」

「いえ、もう遅いので……」

部屋の隅にスーツケースを置くと、そのまま帰ろうとする。ところが、千冬が前をすっとふさいで立った。

「今さら遠慮しなくてもいいでしょう」

不服そうな口調になっている。

しかし、もうすぐ深夜の零時になろうとしているのだ。さすがに人妻とふたりきりはまずい気がした。

「明日も早いから……」

「わかったわ。それじゃあ、帰る前に怪我をしたところだけ見てくれる?」

千冬はそう言ってコートを脱いだ。

なかには白いハイネックのセーターを着ている。身体にフィットするデザインで、ふっくらした乳房のまるみが浮き出ていた。

(こ、これは……)

二郎は思わず心のなかで唸った。

セーターの上からでも、かなり大きいとわかる。美雪に勝るとも劣らないのではないか。いや、美雪の乳房を実際に見たわけではない。あれは夢なので、あくまでも予想の範疇だ。少なくとも六花より大きいのは間違いない。

千冬は前屈みになると、両手でフレアスカートの裾をつまんだ。そして、身体をゆっくり起こしはじめた。

3

「痣《あざ》になってないかしら」

千冬は背中を向けてつぶやいた。

自分の手でスカートをまくりあげている。ナチュラルベージュのストッキングに包まれた下半身が露になっていた。

「な、なにをしてるんですか」

二郎は慌てて顔をそむける。

見てはいけないと思うが、ついつい横目で見てしまう。ストッキングには黒いパンティが透けていた。

「まだ痛むの。ちゃんと見て」

千冬は懇願するような口調になっている。

どこまで本気で言っているのだろうか。真意はわからないが、男の自分が躊躇するのもおかしい気がする。なんとなく断りづらくて、そむけた顔をゆっくり戻した。

「このあたりよ」

千冬はストッキングの上から右の尻たぶを指さしている。

しかし、ストッキングごしでは、よくわからない。しかも、黒いパンティを穿いているのだ。パンティは面積が小さいセクシーなデザインだが、千冬が指さしているのは布地の上だった。

「み、見えないです」

「それなら、ストッキングをおろしてくれる？」

千冬はそう言って、尻を少し突き出した。

「そ、それは、ちょっと……」

見るだけならともかく、触れるのはまずい。

さすがに断ろうとするが、千冬はいきなりソファにあがって四つん這いになった。スカートをまくりあげたまま、ストッキングに包まれた尻を高く持ちあげた格好だ。

「い、いや、でも……」

「二郎さん、早く」

「痣になったら困るわ。早く見て」

千冬は四つん這いの姿勢で、尻を左右に振っている。

しかも、頭の位置を低くして、ソファの座面に頬を押し当てた。その結果、背中を反らす格好になり、双臀のボリュームが強調される。まるでグラビアアイドルのようなセクシーポーズだ。

(これって、もしかして……)

勘の鈍い二郎もようやくわかった。

明らかに誘っている。千冬はなにかと理由をつけて、淫らなポーズを見せつけているのだ。

AVや漫画ではよく見るシーンだが、現実に起きるとは驚きだ。

男として認められた気がして、これまでにない高揚感がこみあげた。ここまでされて誘いに乗らないのは、女性に失礼な気がする。だが、千冬は既婚者だ。あとで面倒なことになるのは避けたかった。

「あ、あの……旦那さんは出張中なんですよね」

「そうよ。しばらく戻らないわ。出張先に女がいるの」

千冬はソファの上で尻を突き出したまま語りはじめた。

夫は大手の商社に勤務しており、駅の近くに支社があるという。役職に就いたことで出張が増えて、全国を飛びまわっている。そして、いつの間にか出張先の女子社員と不倫関係になっていたらしい。

「なにかの間違いってことは……」

「夫の職場に友人がいるの。その人に聞いたから間違いないわ」

千冬はもともと同じ会社に勤めていたという。職場結婚なので、かつての仲間が会社にいるようだ。

「だから、わたしも浮気をしてやろうと思ったの。それで旅行をしたけど、出会いなんてなかったわ」

ひどく淋しげな声だった。

なんとなく違和感を覚えていたが、旅行にはそういう理由があったのだ。そんな話を聞いてしまったら、もう断ることはできない。夫に浮気をされている千冬が憐れでならなかった。

「ねえ、二郎さん……痣ができていないか見てくれない？」

今にも泣き出しそうな声になっている。

どうしても、夫以外の男に抱かれたいと思っているらしい。そこまでしなければならないほど、精神的に追いつめられているのだろう。だが、千冬が浮気をしたところで、なにも変わらないのではないか。

（でも、少しでも気が晴れるなら……）

それに二郎も欲望がふくらんでいる。

美しい人妻が、獣のポーズで尻を突き出して誘っているのだ。じつは先ほどから、ボクサーブリーフのなかでペニスがガチガチに勃起しており、我慢汁が大量に溢れていた。

興奮しているせいか、体が熱くなっている。ダウンジャケットを脱ぐと、あらためて千冬の尻を見つめた。

「で、では、失礼して……」

ストッキングのウエスト部分に指をかける。

「あっ……」

とたんに千冬の唇から小さな声が漏れた。軽く触れただけだが、女体が敏感にピクッと反応した。

(びっくりした……)

心臓がバクバクと音を立てている。

もちろん、女性の服を脱がしたことなどない。緊張で指が震えるが、とにかくストッキングをゆっくり膝までおろしていく。これで黒いパンティに包まれた尻が剝き出しになった。

しきりに誘っていたのに、千冬はすっかりおとなしくなっている。

いざストッキングをおろされたら、恥ずかしくなったのかもしれない。パンティが食いこんだ尻たぶが、小刻みにプルプル震えていた。

(もしかしたら……)

千冬は淫らな女を演じているだけではないか。

恥じらう姿を見ていると、そんな気がしてならない。この黒いパンティは、旅先で男を誘うために用意したのだろう。布地が極端に少なくて、両脇を紐で縛るタイプのいわゆる紐パンと呼ばれるものだ。千冬と話していると、ふだんからこんなセクシーなパンティを穿くとは思えなかった

「これもおろさないと、見えないんで……」

二郎は自分の行動を正当化するようにつぶやいた。

黒いパンティの紐を指先でつまみあげる。そっと引けば、いとも簡単にほどけて片側だけハラリと垂れさがった。

「ああっ……」

千冬の口から恥じらいの声が溢れ出す。

尻を突き出したポーズは崩さないが、全身が小刻みに震えている。いよいよ脱がされるとわかり、千冬は片頬をソファの座面に押しつけた。

早く脱がしたくてたまらない。パンティの反対側の紐も引いて、あっさりほどく。支えを完全に失った黒い布地が、シーツの上に音もなく落下する。それと同時にむっちりした双臀が剝き出しになった。

（おおっ、で、でかい……）

二郎は思わず生唾を飲みこんだ。

六花はもちろん、夢で見た美雪の尻よりはるかに大きい。まるで搗《つ》き立ての餅のように白くてなめらかだ。

しかも、双つのむっちりした尻たぶが、深い臀裂を形成している。頭を低くしてのぞきこむと、谷底にくすんだ色の肛門が見えた。皺が放射状にひろがっており、呼吸に合わせて微かに収縮と弛緩をくり返している。

肛門のさらに下には、鮮やかなサーモンピンクの陰唇があった。視線を感じたのか、まるで赤貝のようにウネウネと蠢いている。割れ目が濡れ光って見えるのは、決して気のせいではないだろう。

「じ、二郎さん……あんまり見ないで」

千冬の声はかわいそうなくらい震えている。

自ら四つん這いのポーズを取り、痣を確認するように迫ったのに、今は腰をくねらせて恥じらっていた。

「ちゃんと見ないと、痣があるかどうかわかりませんよ」

興奮で声がうわずりそうになるのを懸命にこらえる。

剝き出しの双臀に顔を寄せると、肌理《きめ》の細かい白い肌を舐めるように見まわした。痣などまったく存在しない。肌はどこまでもなめらかで、彼女が腰をよじるたびにプルプルと波打った。

「ど、どうかしら？」

千冬が四つん這いの姿勢でチラリと振り返る。

顔はまっ赤に染まっており、瞳はねっとり潤んでいた。半開きになった唇からは荒い息が漏れている。もしかしたら、尻を見られたことで昂っているのかもしれない。

「見たところ、痣はないです」

「そう……よかったわ」

千冬が小声でつぶやく。安堵したような口ぶりだが、落胆しているようにも聞こえた。

「でも、一応、怪我をしてないか確認したほうが……」

「どうやって？」

「しょ、触診です」

本当は触りたいだけだが、そんなことは口に出せない。

とはいっても、二郎の気持ちは千冬もわかっているはずだ。今も牡を欲情させるポーズを取りつづけているのだ。恥ずかしがっているが、彼女も触られることを望んでいるに違いない。

「骨が折れてたら大変ですから」

「そ、そうね……お願いしようかしら……」

千冬は尻を突き出した格好で、こくりとうなずいた。

やはり千冬もこの状況を楽しんでいる。当初は夫への意趣返しのつもりだったのが、若い男をその気にさせて、自分も昂りを覚えているのではないか。さらなる刺激を欲しているのか、尻をさらにグッと突き出した。

「し、失礼します」

二郎もソファにあがると、背後から両手を伸ばして尻たぶに重ねる。たったそれだけで、力を入れたわけでもないのに指先がわずかにプニッと沈みこんだ。

(や、柔らかい……こんなに柔らかいのか！)

尻肉の感触に衝撃を受ける。

乳房は柔らかいという認識があったが、尻は張りがあると思いこんでいた。それだけに、指が吸いこまれるような感触に驚きを隠せない。いつしか夢中になって、両手で執拗に揉んでいた。

「あ、あの……二郎さん？」

千冬の声ではっと我に返る。

触診すると言っておきながら、すっかり忘れていた。慌てて手のひらで尻たぶの表面をそっと撫でる。すると、まるで絹のようになめらかな感触だということに気がついた。

「とくに痛いところはないですか」

「え、ええ……」

千冬が小声で答えるが、これで終わるつもりはさらさらない。指先を少し立てると、今度は触れるか触れないかのフェザータッチで、尻たぶの表面をサワサワと撫でまわした。

「はンっ……そ、そんな触りかた……」

「痛みますか？」

二郎は指先を尻たぶに這わせつづける。

表面をなぞっているだけなので痛むはずがない。それをわかっていながら、くすぐりつづける。さらには尻の谷間を指先でスッと撫であげた。

「はああンっ」

千冬の腰の動きが大きくなる。焦れたように尻を左右に振り、全身を小刻みに震わせた。

「ここが痛むんですか？」

「ち、違うの……」

「ちょっと見てみますね」

両手の指を臀裂にあてがうと、左右にゆっくり割り開く。肛門と陰唇が剝き出しになり、千冬が慌てたように腰をよじった。

「ま、待って、それ以上は……」

「あれ、おかしいですね。すごく濡れてますよ」

二郎の目は女陰に釘づけだ。

頭のなかが燃えあがるほど興奮しており、途中でやめることができなくなっている。こうなったら、行きつくところまで行ってしまいたい。ボクサーブリーフのなかでは、ペニスがこれでもかとそそり勃っていた。

(俺、なにやってんだ?)

頭の片隅では、自分の大胆な行動に驚いている。

しかし、欲望がかつてないほどふくらんで、二郎を突き動かしていた。

千冬が人妻だということを忘れたわけではない。だが、彼女のほうから誘ってきたという免罪符がある。それに今も彼女は拒絶していない。それどころか、女陰は愛蜜でぐっしょり濡れているのだ。

「ダ、ダメ、見ないで……」

「千冬さん、どうしてこんなに濡れてるんですか？」

二郎は前屈みになると、息がかかるほど近くで陰唇を見つめる。すると、割れ目から新たに透明な汁がジクジクと湧き出した。

「ほら、また溢れてきましたよ」

執拗に言葉で責め立てる。

千冬が恥じらうほどに、もっといじめたくなってしまう。かつてこんな気持ちになったことはない。ここのところ性欲が強くなっている気がする。セックスを知ったことで、なにかに目覚めたのだろうか。

「汁が垂れそうになってますよ。どうしてですか？」

「ああっ、だ、だって……二郎さんが見てるから」

千冬は喘ぎまじりの声でつぶやき、濡れた瞳で振り返る。

もはや興奮していることを隠そうとしない。もっと見てとばかりに、尻をさらにググッと突き出した。

背中を反らしているため、尻たぶのボリュームが強調される。しかも、むっちりした白い双臀の割れ目に、サーモンピンクの女陰が濡れ光っているのだ。これほど牡の欲望を駆り立てる光景はなかった。

4

「俺、我慢できなくなってきました」

二郎はいったん立ちあがると、服を脱ぎ捨てていく。あっという間に裸になって、雄々しく勃起したペニスを剥き出しにした。

「ウ、ウソ……大きい」

千冬は身体を起こすと、頬をひきつらせる。

視線は二郎の股間に向けられている。どうやら、夫のペニスよりも大きいらしい。彼女の言葉がなおさら二郎を奮い立たせて、いきり立っている肉柱がさらにひとまわり大きく成長した。

「千冬さんも脱いでください」

一刻も早くひとつになりたい。もう千冬に挿入することしか考えられない。熱い媚肉の感触を味わいたくてたまらなかった。

「じ、二郎さん……わ、わたし……」

千冬はソファに腰かけた状態で躊躇している。

いざ不貞を働くと思うと、怖くなったのかもしれない。だが、自分から誘った手前、拒絶することもできずにいた。

「早く……」

二郎の頭のなかで、欲望の炎が燃えあがる。待ちきれずに歩み寄り、千冬の白いセーターに手をかけた。

「ま、待って……自分で脱ぐわ」

覚悟ができたのか、千冬が立ちあがる。

腕をクロスさせてセーターの裾を摘まむと、ゆっくりまくりあげて頭から抜き取った。黒いレースのブラジャーが露になる。たっぷりしたふくらみを覆っているが、パンティと同じで面積は小さい。柔肉がこぼれそうになっており、乳房の谷間もはっきり見えた。

「誤解しないでね。こんな大胆な下着、ふだんはつけないのよ」

千冬が言いわけのようにつぶやき、急いでブラジャーを取り去った。

当然ながら乳房が剝き出しになるが、セクシーな下着をつけているほうが恥ずかしいらしい。大きな双つの乳房が、タプンッと弾んでいる。乳首は淡いピンクで、触れてもいないのに隆起していた。

美雪よりは小さいが、六花よりは大きな乳房だ。乳輪が大きめなのが卑猥で、むしゃぶりつきたい衝動がふくれあがった。

(やっぱり、興奮してるんだ……)

硬くなった乳首を目にして確信する。

本当に夫以外の男とセックスすることになって躊躇しているが、千冬も昂っているのだ。そうとわかれば遠慮する必要はなかった。

千冬は膝にからんでいたストッキングとスカートも取り去り、一糸まとわぬ姿になる。右手で乳房を、左手で股間を覆い隠す。そうやって恥じらう姿が、なおさら牡の欲望を刺激した。

股間を覆った手から陰毛がはみ出している。楕円形に整えられているのは、ふだんからなのか、それとも不貞を働くために準備をしたのか。まだ剃り跡がきれいなので、旅行の前に手入れをしたのだろう。

(本当に相手を探してやるつもりだったんだな……)

そう思うと、ペニスがピクッと反応した。

「じ、二郎さん……」

千冬がとまどいの声を漏らす。

この状況でも迷っているのかもしれない。気が変わらないうちに挿入したほうがよさそうだ。

「うしろから、やらせてください」

獣のポーズを見つづけたせいか、バックから貫いてみたかった。

すると、意外にも千冬はあっさりソファの上で四つん這いになる。もしかしたら、千冬もそのつもりだったのかもしれない。尻を高々と掲げて、誘うように左右に揺らした。

「二郎さん……来て」

その言葉が引き金になる。

二郎もソファにあがり、彼女の背後に陣取った。いきり勃ったペニスの先端を割れ目に押し当てる。はじめてのバックだが、慎重に挿入する余裕はない。興奮にまかせて、一気に根もとまで押しこんだ。

「ぬおおおおッ」

「はあああッ、い、いきなりっ、はあああああああッ！」

千冬の唇から喘ぎ声がほとばしる。

背中が大きく仰け反り、女壷が猛烈に収縮して男根を締めつけた。尻たぶが小刻みに痙攣して、感じているのは間違いない。もしかしたら、挿入しただけで昇りつめたのではないか。

「す、すごく締まってます」

危うく暴発しそうになり、ギリギリのところで耐え忍ぶ。膣の奥深くに埋めこんだペニスは、大量の我慢汁を吐き出した。

射精欲の波を耐え忍ぶと、さっそく腰を振りはじめる。最初は慎重なピストンだ。くびれた腰を両手でつかんで、ペニスをゆったり出し入れする。華蜜と我慢汁がまざり合うことで、滑り具合は最高だ。

「ううっ、気持ちいいっ」

「ああッ、ま、待って、動かないで、今は敏感になってるから」

千冬が慌てたような声をあげる。

しかし、二郎の欲望はふくれあがっており、もはや腰の動きをとめることは不可能だ。徐々にピストンを速くして、千冬のたっぷりした尻たぶに股間をガンガンぶつけていく。

「あうッ、ダ、ダメっ、ダメっ」

「こんなに気持ちいいのに、どうしてダメなんですか」

腰を振りながら問いかける。すると、千冬がねっとり潤んだ瞳で振り返った。

「イ、イッたから……少し休ませて」

尻たぶだけではなく膣も痙攣している。

やはり最初の一撃で達したらしい。絶頂の余韻を噛みしめる間もなく、ピストンがはじまったのだ。快感を強制的に送りこまれて、千冬は腰をよじりながらヒイヒイ喘いだ。

「挿れただけでイッたんですか」

「だ、だって……ずっと、してなかったから……」

千冬がかすれた声で打ち明ける。

どうやら、夫婦の夜の生活がしばらくなかったらしい。夫は浮気をしているので、妻に目が向かなくなっていたのだろう。その間、千冬は解消することのできない欲求不満をためこんでいたのだ。

「そういうことなら……ふんんッ」

二郎は力をこめて男根を打ちこんだ。みっしりつまった媚肉をかきわけて、亀頭が深い場所まで到達した。

「ひあッ……ど、どうして?」

千冬がとまどいの声を漏らす。

自分の訴えが二郎に届いたと思っていたらしい。ところが、力強く男根を挿入されて、女壺の奥を突かれたのだ。女体がガクガク震えながら、これ以上ないほど仰け反った。

「俺、もう我慢できないんです」

「そんな――あああッ」

二郎が腰を振ると、千冬の訴えは喘ぎ声に変化する。

達した直後は過敏になっているらしい。二郎の拙いピストンでも、千冬は激しく反応した。

「か、感じすぎちゃうから……はあああッ」

「ううッ、なかがビクビクしてます」

感じているのは二郎も同じだ。

膣のうねりが強烈で、男根をこれでもかと絞りあげられる。自然と腰の動きが速くなり、張り出したカリで膣壁をゴリゴリ擦りまくった。

「ひあッ、ダ、ダメっ、ひあああッ」

千冬が悲鳴にも似た甲高い声を漏らす。

次から次へと送りこまれる快感から逃れようと、四つん這いの姿勢で前に進みはじめた。しかし、二郎は逃すことなく、両手でしっかり腰をつかみ直す。そして、より激しいピストンで責め立てた。

「おおおッ……おおおおッ」

「ああッ、ああッ、も、もうっ、あああッ」

男根を突きこむたび、千冬の喘ぎ声が大きくなる。女体の震えも激しさを増しており、再び絶頂が迫っているのは明らかだ。

「ち、千冬さんっ、ぬおおおおッ」

気合を入れ直してピストンする。

射精欲がふくらんでいるが、まだ達するわけにはいかない。千冬がイクところをしっかり見届けたかった。

「じ、二郎さんの大きいから……はあああッ」

千冬は喘ぎながらも困惑している。夫よりも大きなペニスで膣のなかをかきまわされて、背徳感にまみれているらしい。

「もっと感じてくださいっ、俺のチ×ポで感じてくださいっ」

どうせなら夫よりも感じさせたい。二郎はさらにピストンを加速させて、女壺を力強く突きまくった。

「ダ、ダメよ、そんなのダメっ、あああぁッ」

「声が出てますよ。俺のチ×ポ、そんなに気持ちいいんですかっ」

大声で問いかけながら腰を振る。

夫より気持ちいいと認めさせたい。今だけでも千冬を支配したい。そう思うのは男の本能だ。ペニスを奥の奥まで送りこみ、亀頭で膣の行きどまりをたたきまくった。

「は、激しいっ、はあああぁッ」

「旦那さんと比べてどうですか?」

「い、いや、そんなこと聞かないで……あああぁッ」

もはや千冬は手放しで感じている。愛蜜が大量に溢れて、結合部分はお漏らしをしたように濡れていた。

「教えてくださいっ、くおおおッ」

腰を引くときは、意識的にカリで膣壁を擦りあげる。突きこむときは、子宮口を思いきりノックした。

「ひあああッ、い、いいっ、あの人より二郎さんのほうが気持ちいいっ」

ついに千冬が白状する。夫を裏切る言葉を口にしたことで、背徳感が刺激されたらしい。膣がキュウウッと収縮して、ペニスを思いきり食いしめた。

「くううッ、千冬さんのなかも気持ちいいですっ」

「あああッ、うれしいっ、ああああッ」

千冬の喘ぎ声が大きくなる。

夫以外の男が自分とセックスして感じている。その事実が千冬の理性を揺さぶり、さらに興奮を煽り立てていく。ついには二郎のピストンに合わせて、突き出した尻を前後に振りはじめた。

「ああッ、ああッ、い、いいっ」

「くううッ、そ、そんなに動いたら……」

もう、これ以上は我慢できない。

先に達してしまうかもしれないが、経験の浅い二郎では限界だ。女体に覆いかぶさり、両手を前にまわして乳房を揉みあげる。蕩けるような感触を味わいながら、全力のピストンを繰り出した。

「おおおおッ、お、俺っ、もうっ」

「ああぁッ、いいっ、いいっ、じ、二郎さんっ」

二郎の呻き声と千冬の喘ぎ声がリビングに響きわたる。

もう射精することしか考えられない。無我夢中で腰を振り、猛烈なスピードで肉柱を出し入れする。目も眩むような快感がふくれあがり、頭のなかがまっ赤に燃えあがった。

「ぬううッ、も、もう出ますっ」

「出してっ、あああッ、いっぱい出してっ」

千冬の喘ぎ声が聞こえた直後、ついに最後の瞬間が訪れた。

「で、出るっ、おおおおッ、出る出るっ、ぬおおおおおおおおッ！」

地下深くから噴きあがるマグマのように、凄まじい勢いでザーメンが放出される。尿道を駆け抜ける快感に身震いして、たまらず雄叫びをあげながらペニスを膣の最深部にたたきこんだ。

「ひああッ、い、いいっ、イクッ、イクイクッ、はあああああッ！」

汗ばんだ背中が弓なりに仰け反り、よがり泣きを響かせる。煮えたぎったザーメンを膣奥に浴びて、千冬は二度目のアクメに昇りつめた。

絶頂している最中の女壺の締まりは強烈だ。

太幹をギリギリ絞りあげられて、快感がさらに大きくなる。絶頂は驚くほど長くつづき、かつてないほど大量のザーメンを吐き出した。

最後の一滴まで注ぎこむと、ペニスをズルリッと引き抜いた。

とたんに千冬はソファにぐったり倒れこんだ。二郎も脱力して、彼女の背中に覆いかぶさった。

精も根も尽き果てるとはこのことだ。なかば意識を失ったような状態で、そのまま深い眠りに落ちていった。

5

「二郎さん、起きてください」

やさしげな声が聞こえて、二郎は重たい瞼をゆっくり開いた。

千冬が顔をのぞきこんでいる。白いセーターと黒のフレアスカートに身を包んで、柔らかい微笑を浮かべていた。目の前のローテーブルには、湯気を立てたマグカップがふたつ置いてあった。

「あっ……す、すみません」

二郎の体には毛布がかかっている。

どうやら、ひとりで眠りこけていたらしい。千冬はいつの間にか起きて、毛布をかけてくれたのだろう。しかも、温かいコーヒーまで入れてくれた。人妻の優しさを感じて、コーヒーを飲む前から心がほっこり温かくなった。

「すっかり寝ちゃってました」

「あんなに激しく動いたんだもの。疲れたのね」

千冬はそう言って、頬をぽっと赤らめる。

獣のような交尾を思い出したのだろう。視線をすっとそらして、恥ずかしげな笑みを浮かべた。

「つい興奮してしまって……」

二郎は恐縮しながら体を起こすと、そそくさと衣服を身につけた。

「コーヒー、飲んでね。温まるわよ」

千冬が隣に腰をかける。

あれほど乱れていたのが嘘のように落ち着いていた。夫以外の男とセックスしたことで、なにかが変わったのかもしれない。案外、夫婦の仲は改善していくのではないか。なんの根拠もないが、彼女のすっきりした表情を見ていると、そんな気がしてならなかった。

「二郎さんって、経験がないのかと思っていたの」

千冬はコーヒーをひと口飲んでつぶやいた。

「意外と経験豊富なのね。びっくりしちゃったわ」

「俺って、童貞っぽいですか?」

二郎もコーヒーを飲んだ。

温かい液体が喉を通り、胃に流れ落ちていくのがわかる。体の芯から温まる気がした。

「悪い意味じゃないのよ。純粋そうに見えたの」

千冬の声は落ち着いている。

もしかしたら、童貞だと思ったから誘惑したのかもしれない。だから、よけいに驚いたのだろう。

昨日まで童貞だったのだから、千冬が間違えるのも無理はない。まだ青臭さが残っているに違いなかった。

「千冬さんは童貞が好きなんですか?」

「そういうわけじゃないわ。ただ、ちょっとからかおうと思っただけよ」

千冬はそう言って、いたずらっぽく肩をすくめた。

「そういえば、雪女が童貞狩りをするって話、知ってますか？」

ふと思い出して口にする。六花に聞いた話だが、あとになって疑問が浮かんだのだ。

「聞いたことあるわ。まさか、信じてるの？」

「いえいえ、そういうわけでは……ただ雪女に童貞を奪われた男は、どうなっちゃうのかなと思って」

雪女の言い伝えを信じたわけではない。ただ最後まで話を聞かなかったので、なんとなく引っかかっていただけだ。

「そのあと……どうだったかしら？」

千冬は首をかしげるが、すぐにあきらめた。

「忘れちゃったけど、悪い展開ではなかったはずよ。このあたりで語られる雪女は、情に厚いの」

「そうなんですか……」

今ひとつ納得がいかない。

雪女というのは、怖いものではないのか。人間を氷づけにしたり、食べたりするものだと思っていた。

(情に厚いって……)

そんな雪女がいるのだろうか。

いや、そもそも言い伝えだから、まじめに考える必要はない。二郎は苦笑をもらすと温かいコーヒーをグッと飲んだ。

第四章　雪が溶けるほど

1

数日後の日曜日――。

この日は午後からアルバイトが入っている。二郎はインスタントラーメンで昼飯をすませてからコンビニに向かった。

今日はオーナーとふたりなので、なんとなく気が重い。

オーナーは四十代の男で、少々口うるさいところがある。とくにチェックが厳しいのが店内の清掃だ。塵ひとつ落ちていても気になるらしい。手が空いたら常に掃除をするようにと、口を酸っぱくして言われていた。

（よし、完璧だ）

二郎は菓子の棚を見て、心のなかで自画自賛した。

キャンディーやスナック菓子の補充を終えたところだ。自分なりのこだわりがあり、菓子の袋の形もきっちり整えるようにしている。こうすると見栄えがよくなるせいか、売上があがる気がした。

「ほら、ぼんやりしない」

オーナーの声が店内に響きわたった。

カウンターでタバコの補充をしていたオーナーが、怖い顔でにらんでいた。腹がぽっこり出ているため、ストライプの制服が似合わない。ダイエットしたほうがいいと思うが、そんなことを言えるはずがなかった。

「終わったら掃除だよ。サボることばっかり考えてたらダメだぞ」

「はい……」

腹立たしいが、グッとこらえて返事をする。

決してサボっていたわけではない。ちょうど品出しを終えたところだ。たった数秒、その棚を眺めただけで叱られるのは納得できなかった。

（この人さえいなければ、最高のバイトなんだけどな……）

つい胸のうちで愚痴ってしまう。

経営者なのだから当然かもしれないが、細々注意されるとおもしろくない。だが、バイト仲間はいい人たちばかりだ。だから、オーナーが少々癖のある人でもつづけることができている。

（とくに……）

ふと六花の顔が脳裏に浮かんだ。

まさか学園のアイドルである六花と二郎がセックスしたとは、誰も思わないだろう。仮に二郎が自慢しても、信じる人はいないに違いない。それほどまでにあり得ないことだった。

（でも、本当にやったんだ）

モップで床掃除をしながら、心のなかでつぶやいた。

誰も知らないが、自分の胸には栄光の歴史が刻まれている。ひけらかす必要はない。初体験は大切な思い出だ。ときどき回想しては、ひとり噛みしめるのも悪くない気がした。

あれから何度かバイトで六花といっしょになった。

ぎこちなくなるのは覚悟していた。セックスをしたのだから、まったく意識するなというほうが無理な話だ。それでも時間の経過とともに、だんだん普通に話せるようになっていた。

バイトを辞めなければいけないと思ったが、その必要はなさそうだ。あの夜のことにはお互い触れないが、六花と自然に言葉を交わせるようになったのはうれしかった。

そういえば今日、六花は大学の友人とスキーに行くと言っていた。近くにスキー場があるので、気軽に日帰りで楽しめる。北海道では日帰りでスキーに行くのは、めずらしいことではないらしい。二郎はインドア派だが、本州在住のスキー好きにはうらやましい環境だろう。

そのとき、スマホの着信音が店内に響きわたった。

「仕事中は音を切っておくようにって、いつも言ってるだろ」

すかさずオーナーが不機嫌そうに言う。

「俺じゃないですよ」

二郎もむっとして返した。

バイトのときは、スマホを必ずロッカーにしまっている。着信音などするはずがなかった。

「あっ、俺だった」

オーナーがポケットからスマホを取り出した。

独りごとをつぶやくだけで、いっさい謝ろうとしない。こういうとき、さらりとでも「ごめん」と言うことができる人なら、コミュニケーションが円滑になるのにと思う。

(自分じゃないか……)

またしても胸のうちで愚痴ってしまう。

だが、反面教師だと思ってこらえるしかない。こういう人に出会ったのも、なにか意味があるはずだ。将来、自分が人を使う立場になったとき、この経験が生きるに違いなかった。

「もしもし、六花ちゃん?」

オーナーが電話に出る。

どうやら、六花から電話がかかってきたらしい。バイトのシフトの相談かなにかだろう。二郎はそのまま床掃除をつづける。聞き耳を立てていると思われるのがいやで、少し距離を取ろうとしたときだった。

「なんだって?」

オーナーが大きな声をあげた。

「それで、怪我は？」

なにやら心配そうな声になっている。

怪我という単語が聞こえて、二郎は思わず掃除の手をとめた。オーナーを見やると、いつになく真剣な表情になっている。

「うん……うん……六花ちゃんは大丈夫なんだね？」

同行者が怪我をしたのだろうか。それにしても、どうして六花はオーナーに電話をかけたのかも気になった。

「だいぶ吹雪いてるのかい。動いちゃダメだよ……えっ、バッテリー？」

オーナーの顔に焦りの表情が浮かんだ。

「もしもし、六花ちゃん、もしもしっ……」

なにやら様子がおかしい。通話が途切れたのか、オーナーが大声で何度も呼びかける。だが、ついにあきらめてスマホを耳から離した。

「大変だ」

顔から血の気が引いている。

小言が多くてバイトの学生を叱ってばかりのオーナーが、こんなに焦っているのだから、よほどのことに違いない。

「なにかあったんですか?」

「六花ちゃんがスキーに出かけて、友達が捻挫をして動けなくなったらしい。しかも、猛吹雪になって下山もできないって」

オーナーが早口で説明する。

今は友達とふたりで山頂付近にいるようだ。リフトは猛吹雪で危険なので動かない。自力で下山するしかないが、友達の捻挫はひどいらしい。六花は怪我をしていないが、周囲に人はいないという。

「吹雪はまずいな。このまま夜になったら凍死するぞ」

「と、凍死……」

不穏な単語を耳にして、二郎も焦ってしまう。

「六花先輩は吹雪のなかにいるんですか?」

「コース脇の窪地に身を潜めているらしい。一時的に吹雪をしのいでいるが、長くは持たないぞ」

「ど、どうすれば……」

「とりあえず、レスキューを要請する」

オーナーはすぐに電話をかけて、状況を子細に説明する。

緊急事態で焦っているが、口調は冷静でわかりやすい。ふたりが居るであろう場所と状況を的確に伝えている。

「うちで預かっている学生なんです。よろしくお願いします」

最後にオーナーはそう言って電話を切った。

そんなセリフが出るとは驚きだ。自分たちはただのアルバイトだと思っていたが、なにしろ田舎町なので、ほとんどの学生がひとり暮らし。オーナーは学生たちを預かっているという意識があったらしい。だから、なおさら口うるさかったのかもしれない。

しかし、六花はプライベートで遊びに行ったのだ。オーナーがそこまで責任を感じる必要はないが、アルバイトの大学生を大切に思っているのだろう。言葉の端々から本心が感じ取れた。

（きっと、六花先輩はわかってたんだ）

なんとなく理解できた気がする。

直接レスキューを要請すればいいのにと思ったが、オーナーのことを頼りにしているのだろう。だから、助けを求めようとしたとき、無意識にオーナーに電話をかけたのではないか。

腹の出た口うるさいおっさんだが、今は頼りになるカッコいい男に見えた。

「なにか、俺にできることはないですか」

自分もなにか手伝いたい。そう思って尋ねる。

「雪山は危険だよ。ここはプロにまかせるしかない」

オーナーの表情は険しい。北海道在住だからこそ、雪山の恐ろしさをわかっているのだろう。

「ここで待ってるだけなんて……」

一度だけとはいえ、身体の関係を持った女性が危険な目に遭っている。それをわかっていながら、なにもできないのがもどかしい。

「俺も捜索隊に加わります」

「なにを言ってるんだ。素人がいたら邪魔になるだけだ。二郎くんは北海道の冬を知らないだろう。そのへんを歩くのだって危なっかしいじゃないか」

「でも……」

「雪山を舐めるんじゃない。吹雪だけじゃないぞ。この時期はまだヒグマが出るかもしれない。人間なんて一撃であの世行きだ」

オーナーの口から出るのは厳しい言葉ばかりだ。

確かにそのとおりだが、それでもじっとしていられない。二郎は奥歯をギリギリと噛んで拳を握りしめた。

（六花先輩がつらい目に遭ってるのに……）

手のひらに自分の爪が食いこんで、鋭い痛みがひろがった。

「山に入らないって約束するなら、行くだけなら行ってもいいよ」

二郎の様子を見かねたのか、オーナーがつぶやいた。

「いいんですか？」

「その代わり、絶対、山に入るなよ。麓《ふもと》で捜索隊が戻るのを待つんだ」

オーナーは吹雪とヒグマの恐ろしさを、もう一度説明する。二郎はそれを聞いて、こっくりうなずいた。

「わかりました。約束します」

二郎はバックヤードに向かうと、制服を脱いでダウンジャケットを羽織る。そして、すぐ店内に戻った。

「行ってきます」

「おいおい、どうやって行くつもりだ」

オーナーに呼びとめられて、はっとする。

考えてみたら、六花がどこの山にいるのか、どうやって行くのか、まったく知らなかった。焦るばかりで、完全に冷静さを失っていた。

「その服はダメだ。これを着るんだ」

手渡されたのは冬山登山用のジャケットとパンツだ。意外なことに山登りが趣味だという。急いで着がえるとサイズは大きいが、ないよりはマシだ。

「ありがとうございます。お借りします」

「タクシーを呼んでおいた。こいつを使え」

オーナーはそう言うと、一万円札を二郎の手に握らせた。

「い、いいんですか？」

外を見やれば、すでにタクシーが待機していた。

「三十分もあればつくと思う」

「はいっ」

「いいか、くれぐれも――」

「山には絶対に入りません」

二郎はかぶせぎみに返事をする。

心配してくれているのがわかるから、オーナーのしつこい注意にも腹は立たなかった。

「ありがとうございます!」

感動して涙ぐみながら礼を言う。頭をさげると店から出て、タクシーに乗りこんだ。

2

（この山のどこかに、六花先輩が……）

二郎はもどかしい気持ちで、山の麓にたたずんでいる。

雪は降っているが、天候はそれほど荒れていない。だが、山頂付近を見あげると灰色の雲に覆われている。そのあたりは猛吹雪になっているらしい。やはりリフトは動かず、ヘリコプターも飛ばせないという。

二郎がタクシーで到着したときは、すでに捜索隊が出発したあとだった。

スキー場は閉鎖されているので、客はひとりもいない。警察官や救急隊員が待機しており、物々しい雰囲気になっていた。

（どうか、無事でいてください）

山頂に向かって、心のなかで何度もつぶやく。

二郎にできることはなにもない。捜索隊が六花と友達を発見して、無事に下山することを必死に祈った。

六花たちがいるのは山頂近くだ。

コース脇の窪地という話だが、見つけにくい場所かもしれない。周囲に山小屋でもあれば、そこに移動していることも考えられる。そう思ってスキー場の職員に確認したが、山の麓のロッジ以外は、リフト乗り場しかない。吹雪を避けられるような建物はなにもなかった。

（まだ、見つからないのか？）

途中経過がわからないので落ち着かない。

捜索隊はスノーモービルで登り、吹雪がひどくなったら、そこから徒歩で山頂に向かうという。どのあたりから歩きになるのかわからないが、吹雪のなかを進むのは時間がかかるのだろう。

（それにしても遅いな……）

二郎はスマホを取り出して時間を確認する。

タクシーに乗っていたのが約三十分、ここに到着してからさらに三十分ほどが経っていた。

オーナーに電話がかかってきてから、すでに一時間も経過しているのだ。山の麓でも震えるほど寒いのに、山頂付近の猛吹雪のなかにいる六花たちは大丈夫なのだろうか。

（ちょっと聞いてみるか……）

捜索状況を知りたくて、近くで待機している警察官に歩み寄る。

「あの……」

声をかけようとしたときだった。

「こちら捜索隊、視界が非常に悪いです」

警察官の持っている無線機から声が聞こえた。

山頂に向かっている捜索隊からの連絡だ。激しい雑音がまざっているのは、おそらく吹雪がひどいためだろう。

「これ以上、天候が悪化すると二次被害の危険があります。下山して天候の回復を待つかもしれません」

報告する声は苦しげだ。かなり過酷な状況になっているらしい。

（でも、ここで捜索をやめたら……）

二郎は足もとの地面が揺らぐような感覚に陥った。

捜索を中断してしまったら、猛吹雪のなかにいる六花たちは助からない。それこそ、凍死するのを待つだけだ。

（そんな……）

いても立ってもいられなくなる。

まだ中断すると決まったわけではない。だが、中断が決定してから動いても手遅れになる。すでに一時間以上、六花たちは猛吹雪にさらされているのだ。灰色の雲でおおわれた山頂を見あげて腹を決めた。

（オーナー、すみません）

心のなかで謝罪する。

約束を破ることになるが、六花を放っておけない。何人で捜索しているのか知らないが、待っているだけなのは耐えられない。二郎は六花を助けるため、山に登ることを決意した。

ゲレンデには、捜索隊のものと思われるスノーモービルの走行した跡が残っている。つまりその周辺はすでに捜索が行われたということだ。それなら別のルートで山頂を目指すべきだろう。

見つかったらとめられるので、ゲレンデの脇の林のなかを進んでいく。自分でも無謀だとわかっている。だが、スマホの地図アプリがあるので、迷うことはないだろう。

すぐに積雪量が多くなり、膝下あたりまでズボッと埋まった。足を引き抜くのが大変だ。一歩進むたびにこの作業をくり返すので、あっという間に体力を消耗してしまう。

しかも、スノトレの足首部分から雪が入ってくる。もはや防水は意味がなくなり、足は溶けた雪で冷えていた。まるで氷水のなかに足を浸しているようだ。ジンジン痺れて、感覚が怪しくなってきた。

登るにつれて雪の降りかたも激しくなる。風が吹き抜けて、横殴りの雪が顔面を襲った。それでも必死に歩を進める。六花を助けたい一心だ。しかし、吹雪がひどくなり視界を奪われてしまう。

（クソッ、なにも見えないぞ）

とてもではないが目を開けていられない。

手でガードして、なんとか目を開ける。だが、視界はまっ白に染まり、すぐ近くにあるはずの木々すら確認できなかった。

(こ、これが吹雪か……)

想像していた以上に強烈だ。

このなかで捜索をつづけるのは困難を極める。捜索隊が中断の可能性を示唆したのも今ならよくわかった。

(でも、あきらめるわけにはいかないんだ)

吹雪の過酷さを知ったからこそ、なおさら中断できない。

ここで二郎があきらめたら、六花たちはどうなってしまうのか。考えるだけでも恐ろしい。この先で助けを待っているかもしれない。そう思うと、歩みをとめることはできなかった。

(でも、方角だけは確かめたほうがいいな)

なにしろ吹雪で視界が悪い。進んでいる方角が間違っていたら、まったく意味がなくなってしまう。

ポケットからスマホを取り出して、地図アプリを起動する。吹雪のなかで、なんとか画面を確認すると、まったく違う場所が表示されていた。それならばとコンパスのアプリを起動するが、針はグルグルまわってしまう。

（どうなってるんだ……）

思わず眉間に縦皺を刻みこんだ。

ＧＰＳの圏外なのか、それとも近くに磁器を帯びたものがあるのか。もしかしたら、スマホが壊れてしまったのかもしれない。背後を振り返るが、もはや自分の足跡さえ確認できなかった。

（進むしかない……）

六花を助けると決めたのだ。

再び吹雪のなかを進んでいく。とにかく、今は己の感覚を信じるしかない。麓からまっすぐ登っているので、いずれ山頂のリフト乗り場につくはずだ。六花たちはコース脇の窪地にいるという。うまくいけば発見できるかもしれないと思っていた。

しかし、どんなに歩いても発見できない。そればかりか、山頂に向かっているのか自信がなくなってきた。

（やばい……迷ってるぞ）

吹雪で視界を奪われたことで感覚が鈍っている。強烈な横風に耐えようとすることで、方向感覚が少しずつ狂っていた。

まっすぐ登っているつもりだったが、いつの間にか斜めに進んでいたかもしれない。それも右斜めなのか、左斜めなのかもわからない。もしかしたら、真横に進んでいるのかもしれなかった。

六花を助けるどころか、自分まで遭難してしまう。というか、すでに遭難しているといってもいいかもしれない。スノトレのなかがぐっしょり濡れており、もはや冬山登山用の服でも役に立たない。体が芯から冷えきっていた。

(さ、寒い……このままだとやばいぞ)

不安がどんどん大きくなる。

恐怖が押し寄せて叫びたくなったとき、目の前に白い建物が現れた。思わず立ちどまり、吹雪のなかで見あげる。

(なんだ、これは?)

こんなところに建物があるはずがない。

麓にいたとき、スキー場の職員に確認している。周辺に吹雪を避けられる場所はなにもなかった。

(もう……ダメなのか)

自覚している以上に、身も心も追いこまれていたのかもしれない。

寒さと恐怖から、求めているものが幻として見えてしまったのだろう。震える手を伸ばして、そっと触れる。幻だと思ったが、しっかり感触がある。そこには確かに建物があった。

飾り気のないコンクリート製の建物だ。白く見えたのは、横殴りの雪が壁に付着したからだ。倉庫かなにかだろうか。とにかく、吹雪をしのげるかもしれないと思って入口を探した。

建物の周囲を歩くと、窓はないが鉄製のドアが見つかった。取っ手をつかんで力をこめる。重いドアが開いて、眩い光が溢れ出た。人が立っているが、逆光になっていてよく見えない。とにかく、吹雪を避けるために足を踏み入れてドアを閉めた。

「す、すみません……休ませてください」

ようやく吹雪から逃れることができてほっとする。ゆっくり振り返ると、そこには見覚えのある女性が立っていた。

「り、六花先輩っ」

思わず声が大きくなる。

六花に間違いない。赤いスキーウェアに身を包み、顔には疲労の色が濃く滲んでいる。髪はぐっしょり濡れており、全身が小刻みに震えていた。発見する前に、自分が力つきてしまうかもしれないと、不安で仕方なかった。だからこそ、再会できた喜びは大きかった。

「お、大下くん……」

六花が震える声でつぶやき、フラフラと歩み寄る。やがて大粒の涙が溢れて頬を伝い流れた。

「よかった。無事だったんですね」

「どうして、大下くんがここに？」

ふたりは思わず手を取り合った。

「六花先輩を助けたくて……でも、遭難しかけてこの建物を見つけたんです」

「助けに来てくれたのね。ありがとう」

どちらからともなく抱き合って、互いの無事を喜んだ。

ぱっと見た感じ、六花は怪我をしている様子はない。ただ身体が冷えきっており、ブルブルと震えていた。

「六花先輩ひとりですか？」

「友達は動けないから、助けを呼びに行こうと思ったの。でも、道がわからなくなって……たまたまここを見つけて入ったのよ」

やはり道に迷って、この建物を発見したという。

山頂付近から、かなり歩いたらしい。今、自分たちがどこにいるのか、まったく見当もつかなかった。

「わたし、友達を置いてきちゃった……」

「捜索隊が向かっています。きっと見つけてくれますよ」

「でも、場所がわからないでしょ」

「六花先輩がオーナーに伝えたじゃないですか。その情報をもとに探しているはずですよ」

オーナーが話していた内容を確認する。どうやら、居場所はしっかり伝わっていたようだ。

「電話、ちゃんと聞こえてたのね。こっちは猛吹雪で、あんまり聞き取れなかったの。途中でバッテリーも切れちゃったから……」

六花は伝わっていないと思って、危険を承知で助けを呼びに向かった。しかし、道に迷ってしまったのだ。

二郎は自分のスマホを取り出した。六花を発見したので救助を要請しようと思ったが、なぜか電源が入らない。バッテリーは残っていたはずなのに、どうにもならなかった。

「とにかく、身体を温めないと……」

室内に視線をめぐらせる。

コンクリート打ちっぱなしの建物で、造りはしっかりしているようだ。広さは十畳ほどだろうか。裸電球がぶらさがっており、煌々と灯っている。とりあえず電気は通っているらしい。

マットレスがあり、毛布が置いてある。壁ぎわに設置された棚には、バスタオルとペットボトルの飲料水、それにカンパンやカップ麺などの非常食が備蓄されていた。

電気ケトルがあるので、温かいものも飲める。それにエアコンまで設置されていた。棚に置いてあるリモコンでエアコンを稼働させる。すぐに温風が室内にひろがった。

「なんでもありますよ」

避難場所のようだが、いつ誰が建てたのだろうか。

スキー場の関係者も把握していない建物だ。とにかく、ここで天候が回復をするのを待つしかなかった。

「まだ寒い……」

六花の震えは治まらない。身体が芯まで冷えきってしまったのだろう。

「俺も寒いです。濡れた服は脱いだほうがいいですね」

スノトレと靴下、ジャケットとパンツも脱いでいく。恥ずかしがっている場合ではない。服のサイズが大きかったため、雪がなかに入りこんでいた。足指などは感覚がほとんどなかった。濡れた服をすべて脱ぐと、結局は裸になった。

六花も生まれたままの姿になっている。

こちらに背中を向けているのは、恥ずかしいからだろう。くびれた腰の曲線と張りのある尻たぶが瑞々しい。こんなときだというのに、ついつい視線が吸い寄せられた。

3

「六花先輩……」

欲望を抑えきれず、背後からそっと抱きしめる。

「あっ……」

六花はピクッと反応するが、拒絶するわけではない。

一度だけとはいえ、身体を重ねている仲だ。触れ合うことへのハードルは、低くなっているに違いない。しかも、ふたりは今まさに命にかかわる緊急事態に直面しているのだ。誰かと寄り添いたいと思うのは本能だろう。

「冬山で遭難したときは、裸で抱き合って温めるといいらしいですよ」

耳もとでささやいて体を密着させる。

二郎の胸板と六花の背中が重なり、早くも屹立している男根が尻の割れ目に触れていた。

「聞いたことあるけど……それって本当なのかな」

六花の身体は、まだ小刻みに震えている。

「じゃあ、試してみましょうか」

さらに体を押しつけた。

六花の背中から体温がじんわり伝わる。二郎の胸板からも体温が伝わっているはずだ。密着している部分が熱くなっていく気がした。

「あったかい」

六花がぽつりとつぶやく。そして、腰をわずかにくねらせた。

「硬いのが当たってるんだけど……」

ペニスが尻の谷間にめりこんでいる。その部分は背中と胸板よりも、ずっと熱くなっていた。

「温め合うためです」

「そうよね……温め合わないと」

六花の言葉を受けて、二郎は両手を乳房にそっと重ねる。

「あンっ……」

寒さのせいか、乳首がピンッと勃っていた。六花は小さな声を漏らしたが、とくに抗うことはない。

手のひらと乳房が密着している。じっとしていると、その部分も徐々に熱を帯びていくのがわかった。

「指先が冷たいね。温めてもいいよ」

六花がつぶやいて、二郎の手に自分の手を重ねる。そして、上から指を押さえると、自ら乳房のなかに埋めこんだ。

「温かいです。六花先輩のおっぱい」

「ほら、どうかな」

二郎はうっとりしながら返答する。

柔肉の感触と温かさが、冷えた指先に染みわたっていく。感覚が戻ってくるほどに、欲望の炎が大きくなる。心が燃えあがることで、自然と体温も上昇する気がした。

もっと深く密着したい。触れれば触れるほど、ペニスが硬化していく。高揚する気持ちのまま、六花の首スジに唇を押し当てる。

「あンっ、なんでキスしたの?」

「六花先輩の首を温めるためですよ」

「そうだよね。ありがとう」

六花は顎を少し持ちあげて首スジをさらした。

だから、二郎はついばむように何度もキスをする。唇が触れるたび、女体がピクピクと反応した。

「あっ……あっ……」

六花の唇から小さな声が溢れ出す。焦れたように腰をよじり、尻の谷間に挟まっている男根を刺激する。

「もっと温め合いませんか」

「うん……」

二郎が耳もとでささやくと、六花はこっくりうなずいた。

密着したままマットレスの前に移動する。そこではじめて向き合った。張りのある乳房と屹立した鮮やかなピンクの乳首が目に入る。恥丘には陰毛が濃厚に生い茂っていた。

「どうして、こんなに大きくなってるの？」

六花の瞳はねっとり潤んでいる。

右手を股間に伸ばすと、太幹にそっと巻きつけた。そして、ゆったりとしごきはじめる。

「決まってるじゃないですか。六花先輩と温め合うためですよ」

「そうだよね……」

「六花先輩こそ、どうしてチ×ポを擦ってるんですか」

「そんなの決まってるでしょ。大下くんを温めるためよ。こうすると、あったかいでしょ」

六花の指先が亀頭を撫でる。

我慢汁が溢れているため、ヌルヌルと滑るのが気持ちいい。甘い刺激が走り抜けて、二郎は思わず腰をブルルッと震わせた。

「震えてる。まだ寒いのね」

六花はさらに亀頭を撫でまわす。我慢汁を塗り伸ばしては、敏感なカリ首もシコシコと擦った。

「ううッ……り、六花先輩っ」

欲望が限界までふくれあがっている。女体を抱きしめると、マットレスの上に押し倒した。

「大下くん……わたしのこと、いっぱい温めて」

六花は両膝を立てて、自ら左右に開いていく。露になったミルキーピンクの陰唇は、しとどの華蜜で濡れそぼっていた。

「俺も、六花先輩のなかで温まりたいです」

亀頭を陰唇に押し当てると、軽く上下に動かしてなじませる。膣口を見つけて体重を浴びせれば、いとも簡単にジュブブッと沈みこんだ。

「あああッ、あ、熱いっ」

顎が跳ねあがり、甘い声が溢れ出す。

挿入されるのを待ち受けていたように、膣口が一気に収縮してカリ首をしっかり絞りあげた。

「ううぅッ」

たまらず呻き声を漏らして動きをとめる。

雪山で遭難しかけたふたりが交わっているのだ。命の危険を感じた反動か、快感がより強くなっている。二郎が女体を抱きしめれば、六花も下から両手をまわしてくれた。

「六花先輩のなかも、すごく熱いです」

耳たぶをしゃぶりながらささやき、ペニスを根もとまで挿入する。内側にたまっていた愛蜜が溢れて、グジュッという淫らな音が響いた。

「はあああッ……う、動いてっ」

六花の両手が二郎の尻たぶを抱えこんだ。

かなり高まっているらしい。六花はいきなり股間をしゃくりあげて、ピストンをねだりはじめる。下から抱きついた状態で腰を振っているのだ。クイクイと動かすたび、膣口が太幹を締めつけた。

「ううッ、す、すごいですね」

高まっているのは二郎も同じだ。

さっそくピストンを開始して、ペニスを力強く抜き挿しする。カリで膣壁を擦れば、女体が激しく跳ねあがった。

「あああッ、い、いいっ」

艶めかしい喘ぎ声がほとばしる。

六花の感度もあがっているのは間違いない。前回よりも膣のうねりが強くなっており、太幹を猛烈に締めつける。しかも、収縮と弛緩をくり返すことで、快感が倍増していた。

「ううう……うううッ」

ふくれあがる快感に流されて、抽送速度があがっていく。熱く滾るペニスを出し入れすれば、ふたりの体温は確実に上昇した。

「ああッ、ああッ、い、いいっ、いいっ」

「お、俺もです……ううッ、気持ちいいっ」

ふたりは絶妙の呼吸で腰を振り合っている。

二郎がペニスをたたきこめば、六花は股間をしゃくりあげる。無意識のうちにリズムが一致して、快感が螺旋状にからみ合う。そして、さらなる高みへと上昇していく。

「ああぁッ、い、いいっ、すごくいいのっ」

「くおおッ、す、すごいっ」

六花も二郎も感じている。なにも考えることなく、無我夢中で快楽だけを貪っていた。

「も、もっと、ああぁッ、もっとぉっ」

ペニスを思いきり打ちこんで、亀頭で子宮口をノックする。六花はその刺激の虜になり、両手の爪を二郎に尻たぶにめりこませた。

「おおおッ、おおおおッ」

頭のなかが燃えあがり、呻き声を抑えられない。

膣の猛烈な締まりが、蕩けそうな快楽を生み出している。女壺全体がうねることで、ピストンの快感が倍増するのだ。二郎は野太い声をあげると、いよいよラストスパートの杭打ちを開始した。

「ああッ、ああッ、は、激しいっ、はあああッ」

「くおおッ、気持ちいいっ、気持ちいいっ」

もう昇りつめることしか考えられない。二郎は猛烈な勢いで腰を振り、長大な男根で女壺のなかをかきまわした。

「はああッ、も、もうダメっ、あああッ」

「で、出るっ、もう出ますっ」

「出してっ、熱いのいっぱい出してっ」

六花が昂った声で許可してくれる。その直後、股間を思いきりしゃくりあげて、膣口で太幹を締めつけた。

「くおおおッ、で、出るっ、出る出るっ、ぬおおおおおおおッ!」

雄叫びとともに精液が噴きあがる。

女壺が思いきり収縮することで、射精の速度がアップした。根もとまで埋まったペニスが、膣のなかでビクビクと跳ねまわる。ザーメンは途切れることなく延々と噴き出して、凄まじい快感が股間から脳天に突き抜けた。

「ひああッ、い、いいっ、はああッ、イクッ、イクイクうううッ!」

六花が裏返った喘ぎ声を響かせる。

女体を激しく反り返らせて、アクメに昇りつめていく。膣奥に沸騰したザーメンを大量に注ぎこまれることで、ヒイヒイと喘ぎつづける。絶頂から降りることができなくなり、涎《よだれ》を垂らしながら歓喜の涙を流していた。

（すごいっ……すごいぞっ）

かつて経験したことのない快感と興奮が、二郎を突き動かしている。

大量に射精したのに、欲望が鎮まることはない。ピストンを継続して、精液まみれの女壺にペニスを出し入れする。

「おおおおッ、おおおおおッ」

「ひいいッ、ま、待ってっ、ま、またっ、あひいいいいッ！」

六花は連続で昇りつめている。涙と涎にまみれながら、エクスタシーの嵐に翻弄されていた。

「くおおおおッ、で、出るっ！」

二郎も再び射精するが、なぜか欲望はふくらみつづける。

異常な状況で、感覚がおかしくなっているのだろうか。わけがわからないまま延々と腰を振りまくった。

第五章　トロトロに蕩けて

1

二郎は目を剝いて腰を振っている。

すでに何回も射精しているが、いっこうに興奮が収まらない。無尽蔵の欲望に突き動かされて、女体を貪りつづけていた。

六花はとっくに失神している。

人間離れした猛烈なピストンに耐えきれず、連続絶頂したすえに失禁しながら気を失ったのだ。

(腰がとまらない……俺、どうなってるんだ?)

自分で自分のことが理解できない。二郎は己の性欲に恐怖さえ覚えながら、しかし、ピストンをやめることができず、媚肉がもたらす快楽に溺れていた。

唸るような音が聞こえる。

ただでさえ強かった吹雪が、さらに強くなっているのかもしれない。コンクリートの建物がカタカタと揺れはじめた。

(おい、ウソだろ?)

不安になってペニスを引き抜くと、マットレスから床に降り立った。

突然、明かりが消えてまっ暗になる。猛吹雪で停電になったのだろうか。その直後、鉄製の重いドアが弾けるようにバンッと開いた。

雪まじりの冷たい風が吹きこむ。室温が一気にさがっていく。二郎は思わず顔をしかめながら、入口に目を凝らした。

(だ、誰だ?)

外はすでに日が暮れてまっ暗だ。それなのに、なぜか入口に何者かが立っている姿がはっきり見えた。

長い黒髪が突風に舞いあがっている。

顔は確認できないが女だ。建物まで揺らす猛吹雪のなか、白いワンピースだけを纏《まと》っている。凄まじい風がワンピースをバタつかせているが、女は微動だにしなかった。

（こんな悪天候なのに……）

明らかにおかしい。

外の気温は間違いなく零下だ。普通の人間がワンピース一枚で耐えられるはずがない。しかも、よく見れば裸足だ。どこから来たのか知らないが、靴も履かず雪のなかに立っていた。

（逃げたほうがいい……）

そう思うが、体が動かない。

しかし、二郎を呪縛しているのは恐怖ではない。なぜか女に魅了されて、その場から離れたくなかった。

女が室内に足を踏み入れる。

ゆったりとした動きだ。それでいながら滑るように進み、いつの間にか二郎の目の前に立っていた。

「二郎くん、大丈夫ですか？」

呼びかけられて、はっと我に返った。

「み、美雪さん……」

なにが起きているのかわからない。

どういうわけか、美雪がすぐそこに立っている。一瞬、夢を見ているのではないかと思うが間違いない。どうして、こんな山奥にある誰も知らない建物に、美雪が現れたのだろうか。

「お迎えにきました。ご無事なようですね」

いつもの穏やかな声だ。

しかし、なにか違和感がある。いつにも増して色が白く感じるのは、なぜだろうか。透きとおるように白い肌は、どこか人間離れして感じる。

「どうして、俺がここにいるとわかったんですか」

脳裏に浮かんだ疑問をつぶやいた。

ところが、美雪は唇の端に微笑を浮かべるだけで、なにも答えてくれない。ただ青く光る瞳で、二郎の顔をじっと見つめていた。

「そもそも、どうやってここまで……」

疑問が次々と湧きあがる。

「それに寒くないんですか？」

「二郎くんも裸よ。でも、寒くないでしょう」

指摘されて自分の体を見おろした。

「あれ……」

確かに寒くない。冷たい風が吹きこんでいるのに、どういうわけか体温が低下していなかった。

「あっ、こ、これは……」

マットレスを見やれば、六花が全裸のまま失神している。

先ほどの激しいセックスを思い出して、二郎は顔から血の気が引いていくのを感じた。

最悪の現場を見られてしまった。

密かに想っていた美雪に、ほかの女性とセックスしていたことがバレてしまったのだ。この状況では、どんな言葉で取り繕ったところで、ごまかすことはできないだろう。

とにかく、このままでは六花が凍えてしまう。脱ぎ捨ててあった服を着せようとすると、美雪が手を貸してくれる。

「す、すみません……」

気まずくて目を合わせることができない。

だが、美雪は気を悪くした様子もなく、淡々と手際よく六花に下着をつけて服を着せていった。

二郎も服を身につけるが、うつむいたまま顔をあげることができない。美雪に軽蔑されたと思うと悲しかった。

「気にすることはありませんよ」

穏やかな声が聞こえた。

恐るおそる顔をあげると、美雪は微笑を浮かべている。軽蔑しているわけでもなければ、呆れているわけでもない。すべてを許容してくれるような穏やかな表情になっていた。

「よくあることです。二郎さんは覚醒する前ですから」

「か、覚醒？」

「心配ありません。今はとまどっていると思いますが、いずれ、ご自身の欲望をコントロールできるようになります」

いったい、なにを言っているのだろうか。

わからないことだらけで、質問すら思いつかない。結局、言葉につまって黙りこんだ。

「下山しましょう」

美雪が静かに口を開いた。

外は猛吹雪で危険な状態がつづいている。無理をして下山せずに、天候が回復するのを待つべきではないか。

「今は危ないと思いますけど……」

遠慮がちに語りかける。ところが、美雪は聞く耳を持たず、横たわっている六花の手を取った。

2

真白荘に戻ると深夜になっていた。

二郎は二階の自室ではなく、一階の管理人室にまっすぐ向かった。インターホンに指を伸ばすが、ボタンを押す前にドアが開いた。

「どうぞ……」

美雪が抑揚のない声で告げる。

二郎が来るとわかっていたらしい。視線が重なると、それだけで胸の奥が熱くなる。二郎は静かにうなずくと、無言のまま部屋にあがった。

猛吹雪のなか下山したのは数時間前のことだ。

ゲレンデではなく、コース脇の林のなかを歩いた。そのため麓から姿を見られずにすんだ。

美雪はなにも言わず、二郎と六花を残して立ち去った。その結果、二郎が意識のない六花を背負って下山したことになっていた。警察やレスキュー隊からは感謝されたが、複雑な気分だ。

実際は美雪が六花を肩に担いで下山したのだ。

今、思い返しても信じられない。どこにそんな力があるのか不思議だが、この目で見たのだから紛れもない事実だ。人をひとり担いでいるのに、美雪はふだんと同じように楽々と歩いていた。

どうして、あんなことができたのだろうか。

六花の友達は捜索隊が発見した。捻挫のほかは軽度の凍傷だけで、命に別条はないという。六花も極度の疲労と脱水症状だけで、とくに問題はないらしい。ふたりとも助かり、誰もが安堵して喜んだ。

二郎も念のため検査を受けて、そのあと警察に状況を聞かれた。六花とセックスしたことはもちろん、美雪が現れたことも話さなかった。二郎がひとりで助けに向かって、吹雪を避けるために入った建物のなかで六花を発見したと説明した。

意識が戻った六花も、建物のことを証言したらしい。だが、スキー場の関係者も警察も、あの建物のことは把握していなかった。そのあたりに建造物はないはずだという。

後日、天候が回復したら周辺を調査することになった。しかし、そう簡単にあの建物は発見できない気がした。

「なにか飲みますか」

美雪が声をかけてくれるが、二郎は首を左右に振った。

ジャケットを脱いでソファに腰をおろすと、美雪も隣にやってくる。先ほどと同じ白いワンピースだけを纏っていた。並んで座れば、それだけで気分が高揚した。

だが、今は確認しなければならないことがたくさんある。美雪は魅力的な女性だが、あまりにも謎が多かった。

「美雪さん、あなたは何者なんですか」

いざとなると、どこから聞けばいいのかわからない。とにかく、美雪のことをすべて知りたかった。

「二郎くんと変わらないわ」

美雪は口もとに微笑を浮かべてつぶやいた。

「そんなはずないでしょう。六花先輩を担いでいたじゃないですか。どうして、あんな力があるんですか」

「同じですよ。二郎くんもいずれそうなるわ」

あくまでも穏やかな声だが確信している。いったい、なにを言っているのだろうか。

「俺も力持ちになるってことですか」

「ええ、そうなるわ」

美雪はきっぱりと言いきった。

自信に満ちた言葉だ。二郎のことをなにか知っているらしい。どうして、美雪が二郎のことを知っているのだろうか。

「そういえば、覚醒ってなんですか？」

あの建物で美雪がつぶやいた言葉だ。

六花とセックスしていたことに気づいたはずなのに、とくに動じる様子もなく二郎は覚醒する前だと言った。

「覚醒すれば、二郎くんも力が強くなります。腕力だけではないですよ」

そう言われて、すぐにピンと来た。

精力がやけに強くなっている。何度射精しても欲望が収まらず、六花が失神するまでやりまくってしまった。

「どうして……俺、どうなっちゃったんですか？」

「心配することはありません。覚醒すれば、有り余る力を抑えることができるようになります。今は覚醒途中で、体が驚いている段階です」

美雪の声は淡々としている。説明になっているようでなっていない。なにが起きているのか、さっぱりわからなかった。

「だから、覚醒のことを教えてください。なんなんですか？」

つい声が大きくなってしまう。

ところが、美雪は口もとに微笑を湛えたままだ。青く光る瞳でまっすぐ見つめられると、苛立ちがすっと溶けてなくなった。

「わたしたちが結ばれたところから、すべてがはじまっています」

「それって、もしかして……」

まさかと思ってつぶやくと、美雪はこっくりうなずいた。

「二郎くんのはじめてをもらったときのことです」

衝撃的な言葉を耳にして愕然とする。

あれは夢ではなく、現実に起きたことだった。二郎のはじめての相手は、六花ではなく美雪だったのだ。

「てっきり夢だとばかり……だって、次の日、目が覚めたら自分の部屋に……あっ、まさか……」

ある可能性に気づいて固まった。

猛吹雪のなか、美雪は六花を担いで山をおりたのだ。二郎を二階に運ぶこともできるだろう。

零下でも平気で動くことができて、力は常人離れしている。そういえば、夏の間は外に出ていなかったが、冬になってからよく見かけるようになった。寒さには強いが、暑いのは苦手なのかもしれない。

「童貞狩りだったんですか」

思わずぽつりとつぶやいた。

確か、雪女は初物を好むという話だった。ただの伝承だと思っていたが、美雪に当てはまる気がした。

「もしかして、美雪さんって……」

「童貞狩りの話は誤って伝わっています。初物を食い散らかしているわけではありません。そもそも、童貞狩りという言葉も人が勝手につけたものです」

美雪は伝承の間違いをさらりと指摘する。

だが、自身への疑惑には答えない。否定も肯定もしないが、それは認めているのと同じ気がした。

(美雪さんが本当に雪女だとしたら、俺は……)

童貞を雪女に捧げたことになる。

このあと、いったいどうなってしまうのだろうか。雪女に頭からバリバリ食われてしまうのか、それとも雪女の仲間になってしまうのか。

「初物をいただいたら、生涯、その男性としか情を交わしません」

「えっ、そうなんですか？」

思わず聞き返してしまう。

意外なことに雪女は一途らしい。恐ろしい化け物をイメージしていたが、実際は違うのだろうか。

「二郎くんは勘違いなさっているようです。雪女はお化けではありません。普通の人より寒さに強くて、体力があるだけです」

美雪はさらりと言うが、その能力がずば抜けているのだ。普通の人間では、とてもではないが太刀打ちできなかった。

「寒さを好むので、雪の日になると外出します。そのため、雪を降らせていると誤解されがちですが、実際は雪を降らせる能力などありません」

「ええっ、ないんですか？」

「やはり誤解されているようですね」

二郎が驚きの声をあげると、美雪は心を落ち着かせるように静かに睫毛を伏せる。そして、一拍置いてから再び話しはじめた。

「基本的には人と変わりません。病気や怪我には強いので寿命は長いですが、即死するような事故に遭えば助かりません」

「へえ、普通の人と同じなんですね」

「そのとおりです。ただし即死でなければ、たいていは回復します。銃で頭を撃たれたらアウトですが、包丁で腹を割かれるのはセーフです」

美雪の言葉を聞いて卒倒しそうになる。

たった今、自分の口から放った「普通の人と同じ」という言葉を心のなかで撤回した。

もはや確認するまでもない。美雪は雪女だ。これほど詳細に語れるのは、本人が雪女であるなによりの証拠だった。

しかし、恐怖や拒絶や嫌悪などのネガティブな感情はいっさいない。それより先に、美雪のことが好きになっていた。

「でも、美雪さんには旦那さんがいますよね。それなのに、俺と……」

「夫は亡くなっています」

美雪は微かに表情を曇らせた。

ほとんど感情を出すことがないのでめずらしい。旦那が亡くなったのが、よほどショックだったのかもしれない。悪いことを聞いてしまったと思うが、疑問は解消したかった。

「伴侶が亡くなった場合は、また初物を探します」

「それが、俺だったというわけですか」

二郎がつぶやくと、美雪は小さくうなずいた。

「ずいぶん間が空いてしまいましたが、やっと理想の男性を見つけました」

理想の男性と言われて舞いあがる。

だが、喜んでいる場合ではない。まだ確認するべきことがたくさんある。二郎は雪女に童貞を捧げているのだ。この先どうなるのか気になった。

「旦那さんも童貞だったんですか？」

「はい……わたしと結ばれて雪男になりました」

「ゆ、雪男……」

それが自分の末路なのかもしれない。

美雪が雪女でも怖くない。だが、「雪男」という言葉の響きに怯えて、思わず声を震わせた。

「これまでの生活と、なにも変わりませんよ。二郎くんも雪女と同じになるだけです」

それが大問題だと思うのだが、美雪にとっては些細なことらしい。まったく気にしている様子がなかった。

「雪男なのに、旦那さんはどうして……」

「ずいぶん昔のことです」

美雪は当時を思い出すように目を細めた。

「このあたりはヒグマが多くて、乳牛などの家畜が食われたり、農作物を荒らされたりと、ずいぶん被害が出ていました」

やがてヒグマは山菜採りをしている人まで狙うようになり、二十人以上の死傷者が出たという。

いったい何年前の話だろうか。

それほど凄惨な事件なら、語り継がれているのではないか。だが、二郎はこれまで一度も聞いたことがない。語り部がいなくなってしまうほど、昔の話に違いなかった。

「山でヒグマに出会ってしまったら絶望的です。夫は山菜採りをしている人たちが逃げこむための小屋を造りました。普通の人より腕力があるので、それを生かしたのです」

「その小屋って、もしかして……」

「そうです。あの建物です」

美雪が何度か改築をして、現在の形になったという。

あの建物を美雪の夫が造ったとは驚きだ。二郎と六花は、ヒグマから逃げるための場所で吹雪をしのいでいたのだ。

「俺と六花先輩が助かったのは、旦那さんのおかげです」

「おふたりが無事でよかったです。夫が命をかけて造った小屋ですから」

「命をって……どういう意味ですか？」

「ヒグマです。建築中にヒグマに襲われたのです」

美雪の説明を聞いて思い出す。

オーナーも「人間なんて一撃であの世行きだ」と言っていた。旦那はヒグマから即死するような攻撃を受けたに違いない。

「天候が回復したら、建物の調査を開始するみたいです。見つかってしまったらどうなってしまうのでしょうか」

熱い気持ちのこもった建物だ。万が一、取り壊されてしまったらと思うと、責任を感じてしまう。

「大丈夫です。あの建物は必要とされているときにしか現れません」

美雪が遠い目をしてつぶやいた。

建物が出現する直前から消えるまで、周辺では電子機器が誤作動したり、磁場が狂ったりするという。旦那の人を助けたいという思いが、不思議な力となっているのかもしれなかった。

「どうして、命を懸けてまで人のために……」

「わたしたちは人と少し違うせいで、虐げられて生きてきました。いがみ合った時期もあります。でも、今は認めてもらいたいと思っています」

美雪は静かに語りつづける。

人との共存を目指して、自分たちには害がないことを示してきた。そのなかで旦那のように命を落とす者も多かったという。

「ずいぶん少なくなってしまいました。わたしたちは、いずれ消えゆく運命なのかもしれません」

「今日、美雪さんが助けに来てくれたのも、危なかったんじゃないですか。今の時期はヒグマがウロウロしてるって……」

いくら雪女でも、ヒグマの一撃には敵わない。そのことは誰よりも美雪がいちばんよく知っているはずだ。

「大切な人を助けたいと思うのは当然のことでしょう」

美雪が二郎の手を握りしめる。

ひんやりとして感じるのは、雪女だとわかっているからだろうか。しかし、心はほっこり温かくなった。

「どうして、俺があそこにいるってわかったんですか」

「交わった相手とは、心の糸で結ばれます。だいたいの位置がわかるんです」

「じゃあ、俺と美雪さんは……」

すでに心の糸で結ばれていることになる。それを考えると、気持ちがグッと盛りあがった。

「俺も雪男になったんですか？」

「いえ、まだです。二度目の情交で覚醒は完了します」

美雪が手を握ったまま静かに語る。

覚醒とは、完全に雪男になることを指しているらしい。今の二郎は覚醒しかけている中途半端な状態だ。言わば半覚醒といったところだろう。

「今ならまだ、後戻りできますよ」

美雪が淋しげにつぶやいた。

二郎の気持ちは決まっている。選択肢など必要ない。青く澄んだ瞳を見つめると、ほっそりした指をそっと握り返した。

3

サイドテーブルのスタンドだけが灯っている。飴色のムーディな光が、寝室のなかをぼんやり照らしていた。

二郎と美雪はベッドの横に立っている。

ふたりとも生まれたままの姿で向かい合っていた。

熱い視線を交わすと、気持ちがどんどん盛りあがる。これからひとつになると思うだけで、全身の感度が鋭くなっていく。まだ触れてもいないのに前戯を行っているような感覚だ。

ペニスは雄々しくそそり勃ち、弓なりに反り返っている。破裂しそうなほど膨張した亀頭が、自分の下腹部に触れていた。

目の前では美雪の裸身が輝いている。

透明感のある白くて眩い肌が、高貴な美術品のような女体を形作っていた。優美な曲線を描く乳房に視線が吸い寄せられる。釣鐘形のたっぷりした双つの柔肉が重たげに揺れていた。

ふくらみの頂点に鎮座しているのは紅色の乳首だ。二郎の熱い視線を意識したのか、硬くなって前方に飛び出している。乳輪も硬くなってふくらみ、紅色が濃くなっていた。

腰のくびれたラインも色っぽい。平らな腹部に縦長の臍があり、美雪の呼吸に合わせて微かに揺れていた。その下にあるのは、こんもりとした恥丘だ。いかにも繊細そうな薄めの陰毛で彩られていた。

（ああっ、どうしてこんなに……）

神々しいまでの美しさだ。

女体を眺めまわして、思わずため息が漏れる。どこを取っても完璧だ。触れてみたくてたまらない。先ほどからこらえていたが、いよいよふくれあがる欲望に突き動かされて、震える右手を伸ばした。

「あっ……」

指先が乳房に触れると、女体が敏感に震える。

愛撫を待ち受けていたのかもしれない。美雪は潤んだ瞳で見つめて、キスをねだるように顎を少し持ちあげた。

「美雪さん……」

呼びかけるだけで気分が高揚する。

両手を肩に添えると、女体をそっと抱き寄せた。そのまま唇を重ねれば、どちらからともなく舌を伸ばしてからませる。粘膜同士を擦り合わせる濃厚なキスがはじまった。

「あンっ、二郎くん」

美雪が喘ぎながら名前を呼んでくれる。

それがうれしくて、お礼とばかりに彼女の柔らかい舌を吸いあげた。甘い唾液が口内に流れこみ、躊躇することなく嚥下する。メイプルシロップを思わせる味がひろがり、ますます夢中になってしまう。

すると、美雪も舌を吸ってくれる。チュウチュウと音を立てて唾液をすすりあげて、喉を鳴らしながら飲みくだした。

「はンンっ……二郎くんの味がします」

うっとりした表情でつぶやき、再び舌をからませる。

ふたりは立ったまま抱き合うと、もつれるようにしてベッドに倒れこんだ。二郎が乳房をゆったり揉みあげれば、美雪はペニスに手を伸ばす。指を竿に巻きつけると、さっそくシコシコと擦りはじめた。

「ああンっ、硬いです」

「ううっ……美雪さんの乳首も硬くなってますよ」

充血している乳首を指先で摘まんで、クニクニとやさしく転がす。すると、ますます硬くなり、これでもかと隆起した。

「こんなに乳首を勃起させて、感じてるんですね」

「二郎くんも、すごいです」

美雪は太幹をしごきながら、指先で亀頭を撫でまわす。我慢汁が溢れているため、ヌルンッ、ヌルンッと滑るのがたまらない。しかも敏感な尿道口を集中的に擦られた。

「ううッ……そ、そこは……」

二郎は呻きながらも手を動かしている。

双つの乳房をゆったり揉みあげては、硬くなった乳首を指先で刺激した。不規則な強弱をつけて転がせば、女体が跳ねるように反応する。

「あッ……あぁッ……」

美雪の喘ぎ声が徐々に大きくなっていく。

感度があがっており、どこに触れても感じるらしい。両手を乳房から脇腹へと移動すると、指先でスーッと撫でおろした。

「はああッ、く、くすぐったいです」

美雪は裸体をくねらせて訴える。

くすぐったさと快感は表裏一体だ。何度も脇腹を撫でるうち、瞳の潤みが増して、内腿を焦れたように擦り合わせる。

しかし、美雪は受け身にまわるわけではない。ペニスをしごくスピードをあげて、主導権を奪い返そうとする。

「ううッ、き、気持ちいいっ」

柔らかくてほっそりした指が、硬いカリの上を通過するたび、甘い刺激がひろがった。

「こんなに硬くして、もう我慢できないんですか」

「ま、まだまだ……」

二郎は右手を美雪の下半身へと滑らせる。

太腿を開かせて、赤々とした陰唇を剝き出しにした。すでに大量の華蜜が溢れており、内腿までぐっしょり濡れている。すかさず指先を這わせれば、湿った音が響きはじめた。

「ああッ、そ、そこは……あああッ」

「やっぱり、ここが感じるんですね」

二郎も多少は経験を積んでいる。女性の感じるポイントもわかってきた。

指先で割れ目をそっと撫であげて、愛蜜をクリトリスに塗りつける。クリクリとやさしく転がせば、白い内腿に小刻みな痙攣がひろがった。

「あッ、ああッ……」

美雪の尻がシーツから浮きあがる。

愛蜜の量がどっと増えて、二郎の指を濡らしていた。膣口を探り当てると、慎重に埋めこんでいく。とたんに無数の膣襞がからみついて、思いきり締めつけてきた。

「ああッ、す、すごいっ」

美雪がたまらなそうな声をあげる。腰をくねらせながら、ペニスに巻きつけた指に力をこめた。

「これ、ほしいです」

我慢の限界に達したらしい。ついに美雪の唇から、ペニスを求めるセリフが紡がれた。

「俺も挿れたいです」

昂っているのは二郎も同じだ。いよいよ女体に覆いかぶさろうとしたとき、肩を押されて仰向けになった。

「わたしが上に……いいでしょう？」

美雪は身体を起こすと、二郎の股間をまたいで膝立ちの姿勢になる。隆々とそそり勃った男根の真上に、赤く充血した陰唇が迫っていた。

スタンドの明かりが、美麗な女体を照らし出す。

両膝をシーツにつけて、今まさに騎乗位で挿入しようとしている。瞳はしっとり濡れており、黒髪が乳房に垂れかかっているのも色っぽい。右手で髪をかきあげると、無駄毛のない腋の下が露出した。

「美雪さん……は、早く」

待ちきれずにつぶやくと、美雪は唇の端にうれしそうな笑みを浮かべる。

主導権を握られてしまったが、もうそんなことはどうでもいい。一刻も早く挿入して、女壺の感触を味わいたい。愛する女性とひとつになり、思いきり腰を振り合いたい。

「すごく硬いです……」

美雪は右手で太幹をつかむと、亀頭を膣口に導いた。

挿入すれば、あと戻りできなくなる。覚醒は完了して、ふたりは切っても切れない関係になる。美雪は動きをとめると、意志を確認するように青い瞳で見おろした。

「挿れてください」

二郎は股間を突きあげて、亀頭の先端で膣口を刺激する。

「あンっ……」

美雪は小さな声を漏らすと、うれしそうにうなずいた。

右手で竿を支えて、腰をゆっくり落としてはじめる。ニチュッという湿った音とともに、亀頭が膣のなかに吸いこまれた。

「ああァッ、お、大きいです」

美雪の甘い声が寝室に響きわたる。

極細の陰毛が恥丘の表面でサワサワ揺れており、そのすぐ下では極太の肉柱を膣口がぐっぽり咥えこんでいた。

「お、俺……また美雪さんと……」

甘い快楽のなか、はじめて交わったときのことを思い出す。

童貞だった二郎は、この美しい女性に童貞を捧げた。全身が痺れるような極上の快楽にまみれて、大人の男になったのだ。

あのときと同じ騎乗位で、再びつながった。熱い媚肉が、今まさに亀頭を包みこんでいる。華蜜が亀頭の表面にひろがり、竿にもトロトロと垂れていく。美雪が腰を落とすと、濡れた竿が膣のなかに吸いこまれた。

「ううッ……み、美雪さんとひとつに……」

「あああッ、ひとつになりましたよ」

美雪も歓喜の声をあげる。

ペニスが根もとまで埋まり、ふたりの股間がぴったり合わさった。陰毛同士が触れ合っている。美雪が完全に体重を預けることで、亀頭は膣道のより深い場所まで到達した。

「あううッ……お、奥まで届いています」

美雪の下腹部が波打っている。

亀頭が子宮口を圧迫することで、女壺全体が激しくうねり出す。まだ腰を振っていないのに、ペニスが思いきり絞りあげられた。

「す、すごいっ、ぬううううッ」

凄まじい快感が突き抜ける。二郎は慌てて尻の筋肉に力をこめて、急激にふくらんだ射精欲を抑えこんだ。

「感じてくれてるんですね……ああッ、わたしも……」

美雪は両手を二郎の腹につくと、腰をねちっこく回転させる。膣のなかで肉棒がこねまわされて、甘い刺激がひろがった。

「くううッ」

二郎は尻の筋肉を硬直させたまま、低い呻き声を漏らした。

脳髄まで震えるような快楽だ。まさか、また美雪とセックスできる日が来るとは思いもしなかった。前回はあっという間に追いこまれたが、今回は少しでも長持ちさせたい。成長したところを見せたかった。

「ああンっ、もう我慢できません」

「ちょ、ちょっと待って……くおおおッ」

耐えられるつもりでいたが、すぐに余裕がなくなってしまう。美雪がいきなり全開で腰を上下に振りはじめたのだ。

「ううウッ、き、気持ちいいっ」

極上の快楽がひろがり、膣のなかで我慢汁がどっと溢れ出した。

やはり美雪の女壺は普通ではない。膣襞がうねると同時に、膣口がキュッ、キュッと締まって太幹を締めつける。その状態で腰を上下に振ると、凄まじい愉悦の嵐が吹き荒れた。

「ああッ……ああッ……い、いいっ」

美雪自身も感じている。

鋭く張り出したカリで膣壁を擦られるのが好きらしい。意識的に膣のなかをゴリゴリと刺激して、甘い声を振りまいた。

「ううっ、お、俺、もうっ……」

これ以上は耐えられない。あっという間に追いこまれて、二郎は股間をグイッと突きあげた。

「あああッ、お、奥に当たってますっ」

美雪も身体を仰け反らせて感じている。

腰の振りかたが激しくなり、子宮口と亀頭を何度もぶつけて、快楽に溺れていく。華蜜はお漏らししたように溢れており、ふたりの結合部分はドロドロになっていた。

「も、もうダメですっ、で、出るっ、おおおッ、おおおおおおおおッ！」

ついに我慢が限界に達して、精液が勢いよく噴きあがる。膣のなかで男根が暴れまわり、頭のなかがまっ白になるほどの快感がひろがった。

「はあああッ、い、いいっ、あああああああッ！」

膣奥で熱い精液を受けとめて、美雪も絶頂へと昇りつめる。騎乗位でつながった女体がビクビクと反応しながら、後方に倒れる勢いで反り返った。

（す、すごい……こんなに気持ちいいなんて……）

これまで経験したなかで最高の快楽だ。

絶頂の余韻のなかで、両手を伸ばして美雪の大きな乳房を揉みあげる。指が沈みこんでいく感触が心地いい。奇跡のような柔らかさに感動して、何度も何度も揉みつづける。

「ああンっ……二郎くん」

美雪は焦れたような声を漏らすと、腰を微かによじらせた。

「ううぅッ」

とたんに快感が突き抜ける。

絶頂の余韻に浸っていたのに、それをうわまわる快感が生じたのだ。たっぷり射精したのに、ペニスはまだ硬いままだ。膣のなかで勃起しており、カリが膣壁にめりこんでいた。

「ど、どうして、こんなに……」

「覚醒したんですよ。これで何回でもできますね」

美雪が妖しげな笑みを浮かべてささやく。そして、誘うように腰をクネクネとくねらせた。

「何回でも……」

二郎は上半身を起こすと、股間にまたがっている美雪の身体を抱きしめる。胡座をかいて対面座位の体勢になり、真下からペニスを突きあげた。

「ああッ、す、すごいっ」

美雪がしがみついて、喘ぎ声を響かせる。膣がキュウッと締まり、またしても太幹を絞りあげた。

「ううッ、腰がとまらない……おおおおッ」

達した直後なのに、まったく萎えることがない。ペニスをグイグイ突きあげて膣のなかをかきまぜる。愛蜜がどんどん溢れて、シーツまでぐっしょり濡らしていた。

「ああぁッ、いいっ、気持ちいいですっ」

美雪の喘ぎ声が大きくなる。

何回もできるのは美雪も同じらしい。膣は刺激を求めるようにうねりつづけている。だから、二郎は遠慮することなく、カリで膣壁を擦りあげて、亀頭を子宮口に打ちつけた。

「あううッ、お、奥にゴリゴリ当たってますっ」

一度目より二度目のほうが快感は大きくなっている。美雪は早くも昇りつめそうな声をあげていた。

「もっと感じてください、俺のチ×ポで美雪さんを感じさせたいんですっ」

抱きしめた女体を上下に揺すり、ペニスを力強くたたきこむ。たっぷり注いだ精液と愛蜜がまざって、卑猥な音を立てている。そこに美雪の艶めかしいよがり泣きが重なった。

「あああぁッ、ま、またっ、はあああぁッ、イクッ、イクううッ！」

またしても女体をよじりながら昇りつめる。膣が猛烈に締まり、ペニスがギリギリと締めつけられた。

「うううッ、も、もっと……」

欲望がさらにふくれあがった。

抱きしめた女体をシーツに押し倒すと、両足首をつかんで持ちあげた。尻がシーツから浮いて、股間が真上に向いた状態になる。女体を折り曲げる、いわゆる屈曲位と呼ばれる体位だ。

「二郎くん……来て」

美雪がさらなるピストンをねだる。二郎は遠慮することなく、最初から力強くペニスを打ちおろした。

「おおッ……おおッ……」

「あああッ、は、激しいっ、あああああッ」

この体勢だと全体重が股間に集中するため、驚くほど深い場所までペニスを打ちこめる。もう快楽しか求めていない。亀頭が子宮口を突き破る勢いで、腰をガンガン打ちつけた。

「み、美雪さんっ……おおおッ」

「ああッ、じ、二郎くん、い、いいっ、気持ちいいのっ」

美雪も手放しで喘いでいる。屈曲位の苦しい体勢だが、下から両手を伸ばして二郎の首に巻きつけた。

「美雪さんっ、うむむッ」

腰を打ちつけながらキスをする。舌をからめた濃厚な口づけだ。上下の口でつながることで、快感がさらにふくれあがった。

「おおッ、おおおッ、も、もうダメですっ」

「あああッ、出してっ、いっぱい出してっ」

美雪の声が射精欲を煽り立てる。

思いきり男根をたたきこむと、膣の奥深くで再びザーメンを放出した。太幹が脈打ち、先端から沸騰した白濁液が噴きあがった。

「はあああッ、い、いいっ、イクッ、イクイクッ、はあああああああッ！」

膣奥で精液を受けとめて、美雪もアクメに達していく。女壺でペニスを締めつけると、腰を激しく痙攣させた。

「ま、まだ出るっ、おおおおッ、おおおおおおッ！」

二郎は愉悦の声をあげつづけている。

まだ射精がとまらない。大量に放出したのに、精液の量は二度目のほうが増えている。その結果、射精の感覚がより長くつづき、全身が燃えあがるような快感が突き抜けた。

「はああッ、す、すごい……すごいわ」

美雪が呆けた声を漏らしている。瞳はねっとり潤んでおり、唇の端からは透明な涎が溢れていた。

「ね、ねえ、もっと……」

「まだ、するんですか？」

そう言いつつ、二郎のペニスは雄々しく屹立している。美雪の女壺もトロトロに蕩《とろ》けていた。

＊本作品は書下しです。文中に登場する団体、個人、行為などはすべてフィクションであり、実在のものとは一切関係ありません。

◉新人作品**大募集**◉

マドンナメイト編集部では、意欲あふれる新人作品を常時募集しております。採用された作品は、本人通知のうえ当文庫より出版されることになります。

【応募要項】 未発表作品に限る。四〇〇字詰原稿用紙換算で三〇〇枚以上四〇〇枚以内。必ず梗概をお書き添えのうえ、名前・住所・電話番号を明記してお送り下さい。なお、採否にかかわらず原稿は返却いたしません。また、電話でのお問い合せはご遠慮下さい。

【送付先】 〒一〇一-八四〇五 東京都千代田区神田三崎町二-一八-一一 マドンナ社編集部 新人作品募集係

奥《おく》さん、蕩《とろ》けてますけど…

二〇二四年一月十日 初版発行

著者◉葉月奏太【はづき・そうた】

発行◉マドンナ社
発売◉二見書房
東京都千代田区神田三崎町二-一八-一一
電話 〇三-三五一五-二三一一(代表)
郵便振替 〇〇一七〇-四-二六三九

印刷◉株式会社堀内印刷所 製本◉株式会社村上製本所 落丁・乱丁本はお取替えいたします。定価は、カバーに表示してあります。
ISBN978-4-576-23146-4 ◉Printed in Japan ◉©S.Hazuki 2023